Jostein Gaarder

Slottet I Pyreneene

比利牛斯山的城堡

[挪威] 乔斯坦·贾德 著　王梦达 译

新世纪出版社
·广州·

图书在版编目(CIP)数据

比利牛斯山的城堡 /（挪威）乔斯坦·贾德著；王梦达译. — 广州：新世纪出版社，2024.6
ISBN 978-7-5583-4275-2

Ⅰ.①比… Ⅱ.①乔…②王… Ⅲ.①长篇小说—挪威—现代 Ⅳ.① I533.45

中国国家版本馆 CIP 数据核字 (2024) 第 073829 号

广东省版权局著作权合同登记号　图字：19-2024-052 号

Slottet I Pyreneene by Jostein Gaarder
Copyright © 2008 H. Aschehoug & Co (W. Nygaard), Oslo
Published by arrangement with Oslo Literary Agency
through Bardon-Chinese Media Agency
Simplified Chinese translation copyright © (2024)
by Beijing Xiron Culture Group Co., Ltd.
All rights reserved.

出 版 人：陈少波　　责任编辑：王 欣　李 丹
责任校对：耿 芸　　责任技编：王 维
封面设计：柳木卯　　装帧设计：胜杰文化

比利牛斯山的城堡
BILINIUSI SHAN DE CHENGBAO
[挪威] 乔斯坦·贾德 著　王梦达 译

出版发行：新世纪出版社（广州市越秀区大沙头四马路 12 号 2 号楼）
经销：全国新华书店
印刷：三河市中晟雅豪印务有限公司
开本：880 mm×1230 mm　1/32
印张：7.125
字数：152 千
版次：2024 年 6 月第 1 版
印次：2024 年 6 月第 1 次印刷
定价：42.00 元

版权所有，侵权必究。
如发现图书质量问题，可联系调换。
质量监督电话：020-83797655　购书咨询电话：010-65541379

目 录

一	001
二	034
三	057
四	086
五	092
六	123
七	151
八	201
九	211

一

我在这儿，斯泰因。再次见到你，宛如梦一般，而且恰巧还是在那儿！你自己也慌张得不知所措，脚步趔趄了一下，差点跌倒。但那绝不是什么"意外重逢"，而是某种力量发挥了作用，知道吗，那是力量的作用！

我们为自己争取到了四个小时。可争取到了又能怎样呢？况且事后尼尔斯·佩特一直闷闷不乐，直到我们的车开到弗勒①的时候，他才肯开口说话。

那天，我们只顾着在山谷中向上攀爬。半小时后，我们又一次站在那片白桦树林前……

---

① 松恩-菲尤拉讷郡的一座市镇。2020年，挪威将原有的20个郡（含首都奥斯陆市）缩减到11个。2022年，挪威议会决定，郡数量将在2024年恢复到15个。本书中出现次数较多的松恩-菲尤拉讷郡于2022年与霍达兰郡合并为韦斯特兰郡；阿克什胡斯郡、东福尔郡、布斯克吕郡合并为维肯郡。本书原作出版于2008年，故本书脚注中出现的郡名均采用2020年改革前的命名方法。——编者注

比利牛斯山的城堡

整段旅途之中，我们两个人一句都没多说。我指的是，关于那件事。其他能聊的，我们都聊到了，唯独没提那件事。和从前一样，我们依然无法共同坦然面对曾经发生的一切。我们简直是从根里烂起，无可救药。究其原因，或许并不在于以个体出现的你或我，而是以恋人身份出现的我们。回想当初，我们甚至没有勇气互道晚安。我记得，最后一个晚上，自己是睡在沙发上的。我还记得，你坐在另一个房间里抽烟的时候飘来的烟味。我的目光仿佛能穿透墙壁和紧闭的房门，看见你耷拉着的脑袋。而你只是微微驼着背，坐在书桌前一根接一根地抽烟。第二天我就搬了出去，从那以后，我们再也没见过面。时间一晃已经过去三十多年，简直匪夷所思。

如今我俩仿佛从睡美人般的沉睡魔咒中苏醒过来——受到同一只奇幻闹钟的召唤！于是我俩不约而同地奔赴同一个目的地。喂，斯泰因，那可是三十多年后，新的千年，新的世界的同一天。

你可别告诉我，那只不过是巧合。别以为那一切完全不受外力的指引！

最出乎意料的，莫过于旅馆女主人突然出现在露台上的那一幕。当年，她还只是旅馆老板的年轻女儿而已。对她来说，一切也已经是三十多年前的往事了。我相信，她一定也有似曾相识的感觉。你还记得她说了什么吗？她说，你俩还在一起，真好。她的话语多少透着打趣的意味，但在我听来未免有些刺耳。二十世纪七十年代的一个早晨，我们曾帮她照看过三个小女儿，此后我和你就再没见过面。而我们帮她那个忙，是为了感谢她借给我们自行车和晶体管收音机。

一

　　他们在叫我了。现在是七月的傍晚，要知道，这儿的海滨夏日简直和度假一样。想来，他们应该已经把鳟鱼放上了烤架，尼尔斯·佩特正好给我端了杯杜松子酒过来。他给我十分钟的时间完成邮件。而我也的确需要这十分钟，因为有件重要的事情，我想拜托你帮忙。

　　我们能否向彼此郑重承诺，在阅读完毕之后将互发的邮件一律删除？我的意思是，毫不犹豫地、立刻删得干干净净，当然也绝对不打印出任何纸质版。
　　在我看来，这种新建立的联络，是涌动于两个心灵之间的思绪激流，而非必然持续下去的相互书信往来。这样一来，我们就可以放心地畅所欲言。
　　更何况，我们都已经分别组建家庭，有了各自的孩子。我可不想把这些邮件留在电脑里。
　　我们不知道何时会告别。如果这一切是一场盛大的嘉年华，总有一天，我们都会摘掉面具，从角色中抽离出来，只留下散落一地的道具，最终黯然收场。
　　我们将会走出时间，离开我们所谓的"现实"。

　　时光飞逝。可一想到那些与陈年往事相关的种种会再次浮现，我的内心总是难以平静。那感觉就好像，身后有人紧紧尾随，或是猝不及防在我脖颈边呵出一口暖气。

我一直无法忘却莱康厄尔①闪烁的蓝色灯光。而且时至今日，在路上驾驶的时候，只要后面突然出现警车，我仍然会抓狂。几年前的某一天，一位穿制服的警察按响了我家的门铃，我的惊慌失措无处遁形。而他不过是想打听附近的一个地址而已。

你肯定觉得我纯属杞人忧天，不管怎么说，就算是刑事犯罪，法律追诉时效也早已过期。

可是罪恶感不会过期……

所以请答应我，你会删除所有邮件！

重逢那天，直到我俩找到山间已经坍塌的牧羊人小屋，坐在废墟里时，你才告诉我拜访此地的原因。你试着把过去三十多年里自己所做的事情阐述清楚，并且介绍了你在进行的气候研究，之后，你才试探地提到，我们在旅馆露台重逢的前一晚，你做了一个特别的梦。你说，那是一个关于宇宙的梦。但关于梦的讨论戛然而止，因为有几头小牛突然冲我们跑过来，撵着我们一直退回到山谷脚下。后来，你就再也没有重提这个话题。

但对于你关于宇宙的梦境，我其实并不感到意外……当年出事后，我们曾设法睡上几小时，可两个人的情绪都太过激动——想不激动也难——于是我们干脆闭上眼睛躺着，有一搭没一搭地聊天，关于星辰、银河系之类的。反正就是这类遥不可及、庞大恢宏的东西……

---

① 松恩－菲尤拉讷郡的一座市镇，是该郡首府，位于松恩峡湾畔。（除特殊注明外，本书脚注均为译者所加）

一

　　如今回想起来，这事未免有些蹊跷。那时我还是个无神论者，但之后不久，我就找到了自己的信仰。

　　他们又在叫我了。我把最后一点想法写完，就把邮件发出去。当初我俩经过的那个湖泊名叫埃尔德勒湖①。对于一个远离尘世的高山湖泊来说，起这个名字是不是挺可笑的？我是说，相比于历史悠久的峡湾和高山，究竟谁才算"比较古老"呢？

　　最近的这次，我和尼尔斯·佩特开车从埃尔德勒湖经过的时候，我的目光就没离开过地图。自从那件事情以后，我再也没有到过那片区域，特别是驶过湖边的时候，我根本就不敢抬头看。几分钟后，车子转弯绕过另一个关键地点——我指的是悬崖边的那个发卡弯——那简直是整段旅途中最让我崩溃的地方。

　　我记得，车子一直驶抵下面的山谷，我才终于将目光从地图上移开。那一路，我通过钻研地图知道了不少新的地名，然后逐一念给尼尔斯·佩特听。我总得找些事做。否则我担心自己会精神崩溃，被迫向他坦陈过去发生的一切。

　　接着我们驶过新开凿的隧道。我坚持从隧道穿过去，放弃传统的路线：先经过木板教堂，然后沿河畔的老路一直开下去。为此，我编了个特别拙劣的借口：天色晚了，要赶时间。

　　都是因为埃尔德勒湖。

---

① 松恩－菲尤拉讷郡的一座湖泊。"埃尔德勒"在挪威语中的意思是"比较古老的"。

比利牛斯山的城堡

那位越橘女倒是的确比较"老",至少当时我们都这么觉得。我们的原话是,"那是一位上了年纪的妇人"。一位披着玫红色披肩的上了年纪的妇人。我们必须反复确认,我和你看到的是同一幅场景。当时我俩尚且能互相交流。

事实上,那时的她和现在的我差不多大,算是同龄人,换句话说,就是我们现在所谓的"中年妇女"……

当你走到旅馆露台上的时候,我感觉就好像遇见了另一个自己。我们已有三十多年未曾见面,但我俩之间的纠葛又远不止这么简单。我清清楚楚地感觉到,我居然能从外部审视自己,我是说,从你的视角,通过你的目光看见我自己。在那一瞬间,我仿佛成了越橘女。这种错觉让我的心头笼罩上一层不安的阴影。

他们又在叫我过去了。这已经是第三次了。要么我现在就按下发送键,发出后立即删除邮件。致以亲切的问候,索尔伦。

我必须思忖再三,才不至于写下"你的索尔伦"几个字,毕竟我们之间从未真正分手。三十多年前的那天,我随便拿了几样属于自己的东西,然后决然地走出了房门,再也没有回来。直到将近一年后,我才从卑尔根[①]写信过去,拜托你把其余的物品打包寄给我。但即便如此,我也不觉得那算正式的分手,只不过我住在山的另一边,和你相隔遥远,那种做法纯粹是出于实际考虑。后来又过了几

[①] 仅次于首都奥斯陆的挪威第二大城市,是霍达兰郡首府。——编者注

一

年，我才遇到尼尔斯·佩特。而你要等到十几年后，才决定和贝丽特在一起。

说真的，你的确很有耐心。你从未真正放弃过我们之间的感情。有的时候，我会恍惚觉得自己过着重婚一般的生活。

对于在那条山间道路上发生的事，我永远也忘不掉。我总有一种感觉，自己其实无时无刻不被那件事牵绊着。

可那件事还有后续，不仅神奇，而且颇为鼓舞人心。如今想来，我会觉得那是上天馈赠的一份礼物。

如果我们坦然接受了这份馈赠，那结局会是怎样？可惜当时的我们魂飞魄散，你先是被吓得痛哭流涕、手足无措，只能由我来照顾，后来你突然跳起来，开始一路狂奔。

过了没几天，我们之间就出现了裂痕。我们无法直视对方的眼睛，既不愿意，也做不到。

那可是我和你啊，斯泰因。简直不敢相信。

索尔伦！索尔伦！你是那么美！你一身红色长裙，背对着峡湾、花园和白色栏杆，简直让人目眩！

毫无疑问，我一眼就认出了你。又或者，是我的幻觉吗？可那真的是你——仿佛从另一个时空突然冒出来一样。

而且我现在就要告诉你的是：我根本没把你和什么越橘女联系到一起。

比利牛斯山的城堡

你居然真的给我写了邮件！说真的，我盼了好几个星期。虽然当初是我提议，我们可以给对方发电子邮件，但最后你说，你会等到合适的时机再联系我。所以其实是你掌握了主动权。

我之所以那么不知所措，是因为我从没想过，我们竟然能像从前那样，在一个偏僻的地方相遇。那感觉就好像我们遵循着一个古老的约定，在某时某刻某地再度重逢。然而根本不存在什么约定，一切都是巧合罢了。

重逢的那一刻，我刚好端着放在碟子上的咖啡杯走出餐厅，手忙脚乱间，咖啡泼了出来，烫伤了我的手腕。你说得没错，我的脚步的确趔趄了一下，差点跌倒——我好容易稳住了咖啡杯，才没把它摔在地上。

我和你的先生简单打了个招呼。他突然急着要去车上拿东西，给我们留下了交谈的机会。后来旅馆女主人就走了出来。我从前台走过去的时候，她肯定看到我了，而且还记得我以前的样子——三十多年前，那时旅馆的主人还是她的母亲。

你和我就这么面对面站着，旅馆女主人显然把我们当成了一对中年夫妇。她大概以为，三十多年前，我们深入峡湾支流开展过一段甜蜜的恋爱之旅后，便下定决心长相厮守——我曾经也这么憧憬过。而现在，或许是因为恋旧，我们决定故地重游，回到年轻时冒险的地方。更何况，吃完早餐后，我俩本就应该走到外面的露台上透透气，就算我们都已经戒了烟，出门散个步也是情理之中的事。再说，我们还可以远眺欧洲山毛榉林、峡湾以及高山。毕竟，我们

一

当初就是这么做的。

旅馆重新装修了前台，还新开了一家咖啡馆，供过路人小憩。但是树林、峡湾和高山依然保持着原貌。大堂里的家具和装饰画也没变，就连台球桌也还在原来的位置。但我猜，那架有年头的钢琴应该调过音。当初你曾用它弹奏德彪西的曲子，还演奏了肖邦的《夜曲》。而我永远也不会忘记，其他住店客人聚在钢琴周围专注地聆听，然后爆发出雷鸣般掌声的场景。

三十多年的光阴转瞬即逝，可时间仿佛凝固在了这一刻。

提到改变，我差点忘了，就只有一点：隧道是新开凿的！我们当初是乘坐渡轮进去的，之后也是乘坐渡轮离开的。当时水路是唯一的交通方式。

你还记得吗，得知最后一班渡轮终于启程时，我们总算松了口气，暂时缓解了内心的不安。那座村落变成了与世隔绝的所在，我们拥有了整个黄昏、夜晚和第二天早晨的平静时光，直到次日中午时分，内斯号载着新的乘客返回。我们当时说，那是上天宽恕我们的宽限期。换作今天，我们恐怕必须整晚坐在露台上，密切关注从隧道口驶出的汽车，留心它们是继续西行，还是在冰川博物馆那里转个弯，然后直奔旅馆来接走我们——我是说，抓捕我们。

对了，关于帮旅馆女主人照顾女儿的事，我早忘得一干二净了，可见我不是什么都记得。

我同意你的提议，阅读完邮件之后立即删除，回复邮件后也在发件箱内删除邮件。我不喜欢在硬盘里储存太多东西。能够即兴抒发自己的想法和感受，倒是一种不错的放松方式。现在这个时代，互联网也好，优盘和移动硬盘也罢，被存储的言论已经泛滥成灾了。

所以，我已经删除了你发来的邮件，然后才踏踏实实地回复。不过我必须承认，删除邮件的做法也有弊端，就好比我现在坐在电脑前，已经不可能再查阅你邮件中所写的文字，这让我有些沮丧。我只能凭借自己的记忆力进行回复，而且以后的邮件往来也都将如此。

你说，或许是某种超自然的力量在发挥作用，从而促使我们奇迹般地在露台上重逢。就这方面而言，我还是会和从前一样，毫无保留地坦陈自己的想法，所以打从一开始，我就只能恳求你的谅解。总之，在我看来，这种意外重逢完全是偶然事件，并不以任何意志为主导，更谈不上某种力量的"指引"。就事论事，我们的重逢的确是一个巨大的巧合，绝非轻描淡写的小事。但你应该想想，大多数情况下，我们都不会遇到类似的事件。

我这么说可能会让你对神秘学产生兴趣，但我还是决定冒险坦白自己的心路历程：当我搭乘的巴士，驶出贝里霍尔登的山顶隧道的时候，整个峡湾笼罩在浓雾之中，下面的景色成为朦胧的一团。我能看得见山顶，然而峡湾和山谷却仿佛猝然消失了一般。紧接着又是一条隧道，当驶出隧道口的时候，我已经在云雾之下。这时，我已经能看得见峡湾和三个山谷的谷底，山顶却再也寻不到了。

一

我当时就在想：她也在这儿吗？她会来吗？

然后你就出现了。第二天早晨，当我端着快要漫出来的咖啡杯，小心翼翼地走出餐厅时，你就站在露台上，穿着一袭充满少女气息的夏日长裙。

恍惚中我有种感觉，就好像你是我创造出来的诗篇一样，被我写进了那天的古老木结构旅馆。你之所以会出现在外面的露台上，完全孕育于我的记忆和思念。

如今我再次回到曾被我们戏称为"情欲角落"的地方，也就不难理解，为何我脑海中对你的思念会如此强烈。我们的重逢固然美好，但除了"纯属巧合"使然，我实在找不出别的解释。

我坐在早餐桌边，一边喝着橙汁、敲开水煮蛋的壳，一边想着你。那天，我完全沉浸在前一晚的宏大幻梦之中，稀里糊涂地端着咖啡杯走到了露台。然后一抬眼——天哪，你就站在那儿！

我对你的先生深感抱歉。一小时后，我俩转过身，背对着他踏上山路时，我真心实意地对他表示同情。

如果说年轻时那场恋爱之旅留有余味，那么我们走路的方式，还有相互交谈的语气，就是一种享受和品尝。山谷依然如旧，而我由衷地感慨：你看起来还是那么年轻。

但我不相信命运，索尔伦。我真的不信。

你再次提起了越橘女，让我想起这辈子我所经历的最离奇的遭遇。我并没有忘记她，也不会否认她的存在。关于她的话题，我等

比利牛斯山的城堡

一下再讲。因为我想告诉你,回家途中,我还看到了其他东西。

你们踏上返程后,我继续留宿在旅馆,准备第二天一早参加新举办的气候大会的开幕式。我告诉过你,在午餐时间,我还将配合活动做一个简短的致辞,所以我一直等到星期五早上才搭乘高速渡轮,从巴勒斯特兰驶抵弗洛姆。在弗洛姆等了几小时后,我坐火车前往米达尔站,从那里坐上卑尔根线回到奥斯陆。

在驶往米达尔的途中,弗洛姆线的观光列车在名为肖斯瀑布[①]的大瀑布前停了下来。游客们几乎是蜂拥着涌向火车外面,抓住机会拍摄照片,或是目睹雪白的飞瀑。

我们站在站台上的时候,瀑布右侧的山坡上突然冒出了一位美艳的森林精灵,就好像从虚空中幻化出来的一样。接着她又突然消失不见了,但仅仅几秒后,她出现在三五十米之外。她就这么神出鬼没地来来回回了好几次。

你怎么看?或许这种北欧神话里的人物,是不需要屈服于自然规律的。

别急,我们先别妄下结论。会不会是我眼前出现了幻觉?可当时有二三百人在场,目睹了一样的场景。难道,我们见证了所谓的"超自然现象"?所谓"超自然",我指的是一个真正的精灵,或是魔幻人物?不,当然不。这一切显然是为游客特地安排的,而我唯一无法弄清楚的,就是女演员表演的时薪。

还有什么是我忘了说的吗?对了——总而言之吧,那位少女在

[①] 位于松恩-菲尤拉讷郡的一座瀑布,海拔约669米,总落差约为225米,是挪威一处著名的旅游景点。

一

风景中显得很突兀，而且她简直是以闪电般的速度从一个地方转移到另一个地方，这种移动的方式也实在算不上自然。不过反正是演戏嘛！我不知道那天下午到底有几位"森林精灵"在肖斯瀑布轮班。我猜两三个就够了，她们应该也拿一样的薪水。

我之所以写下这些，是因为我突然意识到一个问题：当时我们或许从未考虑过另一种可能。而且在我看来，就算现在重新纳入考虑也为时不晚。有没有可能，越橘女也是以某种方式被安排出现在那里的？或许她扮演了某种角色，说不定她和我们玩了个恶作剧，而且，因为越橘女这个角色上当受骗的绝对不止我们两个。只要是远离尘嚣的荒郊野外，几乎到处都有这种怪人。

等等，我是不是还遗漏了什么细节？对了！有一点，越橘女和森林精灵很像——她凭空突然冒出来，又凭空消失得无影无踪。感觉就好像她演完了自己的戏份，就哗的一声钻到地底下去了。没准儿她就是那么做的。也说不定她喜欢开开玩笑，趁人不注意跳进一个废弃的陷阱，或者躲到石头堆后面去了，我哪儿知道！当时我们又没仔细查看附近的地形，就好像被魔鬼盯上了一样，在山谷中落荒而逃。

我们常喜欢说一个词：眼见为实。但这并不意味着，只要是见到的任何事物，我们都要相信它具有真实性。在极少数情况下，我们必须先擦亮眼睛，才能决定相信与否。我们必须扪心自问：为何我们会任由某件事或某个人的摆布，被耍得团团转？然而那一次，我们并未质疑。我们被吓得惊魂未定。况且因为几天之前发生的事情，我们都还没缓过劲儿来。如果我们其中一个濒临崩溃，另一个也必然情绪失控。

　　你千万别觉得我这是在指责或驳斥。再见到你,我简直欣喜若狂,无论走到哪儿,我的脸上都不自觉地挂着微笑。在我看来,这类巧合绝不能用毫无意义或无关痛痒来定义。巧合的深远意义在于,它们会将我们牢牢掌控,在我们身上留下深刻烙印,甚至,对未来走向还会起决定性作用。

　　挪威有着那么多的城市和乡村,而我们偏偏就在那里重逢。然后又一次攀上山间的牧羊人小屋。谁能想到会发生这种事呢!

　　对于定期联络见面,比如说每年聚个一两次的人来说,四小时的时间的确不算长。但我们已经有几十年没见面了,相比之下,四小时已经相当漫长了。毕竟,再次重逢和杳无音信之间,隔着巨大的鸿沟。

　　好吧,斯泰因。很高兴收到你的回信。不过与此同时,这也让我回忆起当初分手的原因。其中一个就是,当年的你我就和现在一样,对我们共同经历的事情有着截然不同的解读。至于另外一个原因,是你始终以居高临下的口吻,对我的解读进行评判。

　　不过话说回来,收到你的回信确实挺开心的。我也很想你。请给我多一点时间,等我心情好一些的时候给你回信。

　　首先,我并没有居高临下的意思,可我的原话究竟是怎么说的,

一

我自己也记不清了。我都写了些什么？我有没有告诉过你，自从再见到你之后，我总是满面春风地在家里走来走去？

除此之外，我也有更多事情要和你说。我所搭乘的渡轮，是根据峡湾分支的名字来命名的。渡轮第一站停靠在海拉，当时我们正是在那里丢弃了撞得稀烂的汽车。如今站在甲板上遥望渡轮码头，总觉得怪怪的。然后，渡轮朝着旺斯内斯的方向横渡峡湾，接着掉转方向，驶向巴勒斯特兰。抵达巴勒斯特兰后，我在历史酒店旁边的岬角兜来转去，等候着从卑尔根开来的高速渡轮。渡轮晚点了应该有半个小时吧。等我上船的时候，赫然发现船舷上居然印着"索伦蒂号"！

我整个人一怔，立刻想到了你。自从两天前，我们在旧轮船码头挥手道别后，我几乎满脑子都是你。哪怕在我回复邮件的此时此刻，我还在忍不住回想，那年夏天我们前往索伦一带的群岛探望你外婆的事。她是不是叫兰蒂？兰蒂·约讷沃格？

我并不只是深陷回忆而已，更准确地说，这应该是一种百感交集的状态。过去的种种经历仿佛潮水般突然涌上心头，那些画面和印象仍然栩栩如生。当时我俩都才二十出头，站在海边的一幕幕仿佛电影般的场景，虽然我已经不记得自己拍过，但我能肯定，那绝不是一部默片，因为我仿佛能听见你的声音，听见你带着笑意和我窃窃私语。等等，是不是还有风声，以及海鸥的叫声？莫非我还能嗅到你深色长发的气味？你的发丝渗透出大海和海藻的气息。这已经超出了平常思想活动的范畴，仿佛间歇泉一般，骤然喷涌出压抑已久的幸福感，又或像电影闪回那样，迅速切换到曾经属于我们的美好时光。

首先，我在那家颇有年头的木结构旅馆里和你不期而遇，那里也是三十多年前我们携手同游的地方；等踏上归途的时候，我所搭乘的高速渡轮又得名于你母亲故乡的岛屿。你不是也和我说过吗，你名字的灵感就源于索伦一带的群岛。当时，我俩讨论的话题主要集中在外叙拉①，就是你外婆住的最西端的那座小岛。索尔伦和索伦蒂！这也太巧了吧！

不过，我们最好还是别被这类偶然的巧合事件所误导，得出什么关于神秘学的结论。这艘渡轮只是和某座拥有常住居民的海滨城市恰好同名而已，没什么可大惊小怪的。于是我的心情平复下来。但我仍然久久伫立在甲板上，嘴角不自觉地泛起微笑。

你呢，你怎么看？

我正在外面。我的意思是，我不在卑尔根，而是在索伦。我就坐在科尔格罗夫②的老房子里，眺望着窗外大大小小的岛屿和礁石。从我的方向看出去，唯一有点煞风景的就是一双男人的腿。尼尔斯·佩特正站在铝梯上，忙着粉刷我正上方的阁楼窗框。

那个星期三，你和我从牧羊人小屋回来后，我先生就催促着尽

---

① 索伦的一座岛屿，也是索伦三座主要岛屿中最西端的一座。
② 索伦的一个村庄，位于外叙拉岛的西海岸，是岛上人口最多的地区之一。

一

早往回赶。他说,一定要在晚间新闻播出前回到卑尔根的家里。

下午三点左右的时候,我们开车穿过博雅山谷,驶入冰川旁边的隧道。钻出隧道后,我们沿着狭长的约尔斯特湖[①]往前开,蒙蒙雾气逐渐消散,太阳重新露出了脸。一直到经过弗勒之前,天气似乎是尼尔斯·佩特唯一肯发表评论的话题。他当时咕哝了一句,"总算放晴了"。说这话的时候,我们已经沿着约尔斯特湖绕了大半圈,差不多开到谢伊。我好几次试着打开话题,可他怎么都不肯开口。后来我才恍然大悟,他唯一的那句台词,恐怕不仅仅是针对天气的评论,还暗示了他的心情。

等我们经过弗勒,向南行驶的时候,他突然扭过头看着我,表示这一天开的路程实在有点长,不如去我外婆的房子过夜,用现在的流行说法,就是那里算是夏天的"度假屋"。本来我们是打算直接开回家的,主要也是因为他第二天还有安排。不过他临时起意的提议也算是打破僵局的一种妥协,一方面,因为我坚持和你散步,去了那么久,他气得暴跳如雷——可我们都三十多年没见了,斯泰因。另一方面,他一路上赌气地沉默不语。于是我们临时改变了计划。我们搭乘了往返吕谢尔道斯维卡和吕特勒达尔两地的渡轮,横渡峡湾,然后继续前往索伦的群岛。就在你出席气候大会开幕式的同时,我们在海滨度过了阳光灿烂的一天。当然,我通过意念向你传递了消息——我指的是我们曾经共同拥有的美好回忆和片段,而且之后的几天,我源源不断地向你进行隔空投递。看来还是有一定效果的嘛,你不记得自己曾经拍过的"电影场景",但有一些的确出现在了

[①] 松恩-菲尤拉讷郡的一座湖泊,面积约40平方千米。

比利牛斯山的城堡

你的脑海之中……

我们是星期四晚上回到卑尔根的家里的。星期五一大早，我就步行来到海滨码头，目送索伦蒂号起锚离港。按照计划，它应该八点从卑尔根出发。因为你之前提到过，所以我知道你那天上午会从巴勒斯特兰登上这艘渡轮。反正我起得早，干脆来个晨练。从斯康森的住宅区一路向南，穿过鱼市，抵达海滨码头，遥祝你旅途平安的同时，也和你再次道别。再见，斯泰因。这种做法实在不够理性，可我还是执意如此。你可别告诉我，我的问候没有送达。一想到你要搭乘索伦蒂号，我就忍不住觉得有趣。而且我能想象得到，你一定会联想到我，还有我们在那里度过的美好夏日。

那艘渡轮当然不是以我的名字命名的。正如你所说，它是因为松恩峡湾①入海口的一处定居点而得名的。上次我在那儿逗留了几乎一整天，而现在我又坐在了这里，一边眺望大海，一边写邮件。幸好那两条腿已经不见了，不然总在眼前晃来晃去，有碍观瞻不说，还影响思考……

索伦一带有大大小小数百座群岛，而索伦蒂（Solundir）纯粹是古北欧语索伦（Solund）的复数形式。"索"（Sól）的意思是"沟壑，切口"，而"伦"（-und）则有"满是，遍布"的意思。索伦的群岛上的确布满了沟壑，所以这个地名相当精准地描述出这里的地质景观。一如歌里唱的那样：当她耸入云霄，沟壑纵横，在海上经

---

① 挪威最长、最知名的峡湾，全长约 205 千米。

一

历风雨……

你肯定还记得,那些五颜六色、梦幻般的礁石,当年我们在其中追逐嬉戏,玩捉迷藏的游戏。你也一定没有忘记,我们花了好几个钟头,在雕塑般的风景中挑拣零散的石头。你专门挑大理石,而我则捡了好多红色石块。我用它们砌了花坛,所以你和我捡来的那些石头,如今仍然在这里熠熠闪烁。

没错,我的外婆是叫兰蒂。不过我真的挺失望的,你差点就忘了她的名字。当初你们俩可是很投缘的。我还记得,你说外婆是你见过的最温暖可亲的人,至于外婆,她会站在小花园的一侧,喃喃自语说:"对,就是那个斯泰因!"在外婆心目中,"那个斯泰因"显然很特别,其他小伙子可没有他那么体贴细心。

你知道,我妈妈也是在那儿长大的,那里如今是挪威最西端的定居点。你一定还记得,我妈妈的婚前姓是约讷沃格,而父母之所以给我起名索尔伦,也绝非凭空想象或是心血来潮。我名字的灵感,多多少少受到了这种家庭背景的影响。

如今,我们一家四口回到这里。英格丽都已经上大学了。趁着学校开学前,享受难得的休闲时光。几天之后,我们就要回归琐碎的日常生活。昨天很难得,虽然面向开阔的大海,却没什么风,所以我们难得能坐在花园里吃烧烤。

世界并不是由一系列巧合拼凑而成的马赛克图案,斯泰因。世间万物之间都存在千丝万缕的联系。

收到你的回信真好。你说过要等心情好一点才会回信,我很庆幸没等太久。

你现在居然在那儿啊。恐怕是因为通信的原因吧,我感觉自己好像也在那儿。就算隔着相当遥远的物理距离,两个人也能彼此靠近,这一点好像是我先提出来的吧。你说世间万物之间都存在千丝万缕的联系,这点我是赞同的。

我实在太感动了,你一大清早赶到海滨码头,就为了让高速渡轮为我捎去问候。我眼前完全可以浮现那个画面:你走出斯康森的家门,顺着台阶一路小跑下去,那场景让我联想到一部西班牙电影。倘若说之前我还有些犹豫,现在我已经能够笃定地说:"你的问候已经顺利抵达。"

可是,在我们穿过蒙达尔山谷向上攀登的途中,你曾说过,你否认一切超自然现象的存在。你强调说,你不相信心灵感应,以及任何形式的第六感或超感视觉能力。就在你说这话之前,我刚刚举出几个活生生的事例,证明超自然现象的存在。对你而言,或许你拒绝使用天生拥有的感知天线,宁愿蒙上眼睛自欺欺人。有些时候,恐怕连你自己都没有意识到,那些突然涌现的灵感,不过是你"接收"到的信息罢了。

但你并不是个例,斯泰因。在我们这个时代,充斥着太多心灵

一

上的盲目以及精神上的贫瘠。

而我自己是多么天真和幼稚啊，对于我们在旅馆露台上的重逢，我实在无法归因于单纯的巧合。我相信冥冥中自有安排，至于如何安排、为什么安排，我真的不知道。但不知道并不意味着紧闭双眼。俄狄浦斯王并不知道自己注定受到命运的摆布，当真相大白时，他在百感交集中刺瞎了自己的双眼，自我放逐。因为就注定的命运而言，他始终都是盲目的。

邮件这么一来一回的，感觉就像在打乒乓。说不定一整个下午，我们就这么坐在电脑前收邮件、发邮件。如此一来，我也算跟着你云游了索伦。对吧？

嗯，我们想到一起去了。一来我在休假，二来度假屋里有条不成文的规矩：休假的时候，每个人都可以"随心所欲"，想做什么就做什么。只有一点比较苛刻，就是我们必须一起吃饭。当然早餐除外，每个人起床后都可以自行解决早饭。现在我们刚吃完午饭不久，直到晚饭前，我都没有陪伴的义务。不刮风的话，说不定今晚还能来顿烤肉大餐。

你呢？我是说，今天下午，我会跟你云游何方呢？

说来惭愧，我的日程安排，其有趣程度完全无法和你周围的环境相提并论。我正坐在奥斯陆大学布林登校区一间乏善可陈的办公室内，一直要待到七点左右，然后再赶到少校宫区①和贝丽特碰面。然后我们一起前往贝鲁姆探望她父亲。她父亲虽然年事已高，但精神矍铄，思维敏捷。不过那是后话了。在此之前，我们还有好几个小时可以聊。

你可别忘了，我可是在布林登校区上了五年大学。那些年啊，斯泰因……对我而言已经足够梦回故里了。

我猜，你自己应该也没想到，你会成为奥斯陆大学的教授。你的目标不是当一名高中老师吗？

自打你离开后，我一下子空出了好多时间。在攻读博士学位的同时，我还申请到一笔科研经费。要么我们先等等再回忆"过去"，我好奇的是，你现在变成了怎样的人。

说起来，结果是我成了一名高中老师，这一点我应该已经告诉过你。我从未后悔过自己的选择。每天花上几个小时和积极热情的年轻人相处，教授我所感兴趣的学科，况且还能以此谋生，对我而言是种莫大的荣幸。另外，我并不认为教学相长这一观念属于陈词滥调。对了，我教过的几乎每一个班里，都会有一位金色鬈发少年，让我回忆起曾经的你，还有曾经的我们。其中一个长得和你像极了，就连说话声音都很像。

---

① 挪威奥斯陆市中心的一个高档社区，因维格兰雕塑公园闻名。

一

现在谈谈你的看法吧。我已经明确表态，我俩再次出现在旅馆露台上，绝对不是简单的巧合……

我们的确同时出现在了旅馆露台上。但"不期而遇"或是"意外巧合"这类的字眼，从统计学上看，恰恰说明了这些都属于小概率事件。我曾经计算过，同一枚骰子连续十二次掷出六点的概率，甚至还不到二十几亿分之一。当然这并不表示一定不会有人凑巧连续十二次掷出同样的点数。道理很简单，这颗星球上居住着几十亿人，每时每刻都会有人在掷骰子。不过我们虚构的这个情况，有点像挪威著名的博彩游戏"概率轰炸"——连续押中赌注的概率，实在是渺茫到微乎其微的地步。如果真的发生那种情况，当事人恐怕要笑到声嘶力竭。因为从统计学上讲，要想实现同样点数的十二连中，一个人必须不休不眠地掷骰子，一连掷上几千年才有可能实现。要真是一试就中，那简直神了。这么一想是不是挺有趣的？

不管怎么说，这件事应该在你内心投下了一枚炸弹，带给你相当大的震撼。你要问我的话，我会毫不犹豫地称之为"撞大运"，但它绝对不是什么超自然现象。

你真能百分之百确定吗？

对，我几乎可以确定。另外我很肯定的一点是，任何命运、神旨或念力都无法影响事情的发展结果。就拿掷骰子来说吧，掷骰子当然能通过耍花招或者耍赖皮来作弊，也就是大家说的"出老千"，况且还有记忆出错、报道失实的情况。即便如此，物理事件是不会受到天意或命运的操控的，更不可能受到伪科学的影响——比如所谓的"念力"。

你听说过有谁能够通过念力来控制轮盘，准确预测珠子会落在哪个格子里，从而大发横财的？我们只需要提前几秒预见未来，便能轻轻松松地成为百万富翁。可没人具备这种能力。任谁都不行！所以，你也不会看到哪家赌场挂出牌子，禁止具备超能力或读心术的人员入内。这种担心完全是多余的嘛。

无论是对于博彩游戏还是日常生活来说，我们都必须将另一种情况纳入考虑。世界上最惊人的巧合都具有共同的内在倾向：很容易留存在人们的记忆之中，以至于在我们的文化背景中，流传着大量耸人听闻的奇闻异事。不知情的人往往以此作为证据，认为神秘力量在控制着人们的生活。

在我看来，理解这种机制是绝对必要的。这种"选择性"的记忆和流传，让人联想到达尔文的物竞天择理论。二者的区别在于，我们所谈论的并非自然选择，而是人为选择。遗憾的是，这种人为的选择方式，很容易产生人为的误解和曲解。

对于原本毫不相干的事情，我们会自觉或不自觉地联系到一起。在我看来，这是人类典型的通性。不同于其他动物，我们会设法寻找潜在的理由，比如命运、天意，或其他的操控力量，即使在完全看不出外力因素的情况下，我们仍会陷入执念。

一

所以我认为，发生在那个美好夏日的重逢，是一场纯粹的偶发事件。诚然，这件事发生的可能性低到不能再低——这三十多年以来，我们两个都不曾故地重游——但就算只有微乎其微的概率也不足以说明，除了惊人的巧合之外还存在其他解释。

假如我们扩大调查范围，将历史上最引人注目的重大巧合，包括所谓"中大奖"名单，都一一记录成册的话，恐怕要有数千亿卷之多。退一万步说，就算能找到足够多的藏书馆陈列，也要有足够多的木材制成用来印刷的纸浆。在我们这颗星球上，恐怕既没有那么大空间，也没有那么多树木。

那么我换一种问法好了：如果缩小关注范围，单就某个博彩事例而言，在你读过的长篇采访报道中，有任何一篇的主角，是未中大奖的人吗？

看来你没怎么变啊，斯泰因。其实这样也挺好的。你的固执透着孩子气，充满了生机勃勃的活力。

或许，你未免有些盲目了。说不定你只是思想偏执、目光短浅罢了。

你还记得马格里特的那幅画作吗？画面正中是一块悬浮于地表之上的巨石，巨石顶上矗立着一座小小的城堡[①]。你总不至于忘了吧。

如果今天目睹到类似的现象，你一定会千方百计地予以否认。

[①] 比利时画家马格里特创作于1959年的《比利牛斯山的城堡》。

可能你会说，一切都是精心安排好的，石头是中空的，里面充满了氦气。没准儿人们使用了一套隐形的滑轮和绳索装置，把石头吊了起来。

我这个人的想法比较单纯。如果真的看见巨石的话，我只会张开双臂，高呼"哈利路亚"或是"阿门"。

你在第一封邮件中写道："我们常喜欢说一个词：眼见为实。但这并不意味着，只要是见到的任何事物，我们都要相信它具有真实性……"

我必须承认，你的说法让我陷入了沉思。在我看来，这句话完全和经验主义背道而驰，全盘否定了一个人的感官印象。老实说，甚至还有点中世纪的味道……

如果体验到感官印象不符合亚里士多德的理论，那么出错的一定是感官；如果观察到的天体轨道违反了地心说，那么就引入一套所谓"本轮"[①]的宇宙结构学说，解释人们所看到的天文现象。教会和宗教裁判所的教徒们，奉行着刻板的自我审查制度，拒绝使用伽利略的天文望远镜。当然，这些不用我说你也懂……

你想过这样一个问题吗：我们曾目睹的现象，宛如悬浮在苔藓和石楠之上的巨石。一个奇迹，一个超脱世界之外的奇迹！而且我还要多说一句：我们见证了同样的一幕，这是我和你当时达成的一致意见。

---

① 指周转圈，即一个小圆的圆心绕着一固定的大圆圈而转。

一

是吗？

对，肯定是的。不过，我们能不能把命中注定这些讨论暂搁一旁，回到重逢的话题上来？

什么意思？

或许那次"巧合"仅仅源于一次再平凡不过的心灵感应。当然，你已经决意不再"相信"任何心念交流，所以对你而言大概没有差别。

但你相信重力的存在。你能对它做出解释吗？

你是不是应该也给我一个机会，至少通过我的伽利略望远镜看上一眼？

我无法对重力做出解释。反正重力就是客观存在的。我当然很乐意通过你的伽利略望远镜一窥究竟。哪怕你有一打这样的望远镜，我也会耐心逐一看过。现在，请把第一副望远镜递给我吧。

对于尼尔斯·佩特和我而言，和你重逢的那次完全是一趟临时起意的旅程，而且我很确定，是我主动提出前往菲耶兰[①]来个一日游，

[①] 松恩 – 菲尤拉讷郡的一个村庄，位于菲耶兰峡湾尽头。菲耶兰峡湾是松恩峡湾向北延伸的一个分支。尽管菲耶兰只是一个有着三百余名居民的村庄，这里却有十几家书店，每年的五月至九月还会举办书市。

参观当地的书市和冰川博物馆。当时我们已经离开东挪威，正在开车返回卑尔根的途中，我突然想，时隔那么多年，或许应该绕道去那里看看，当然了，难过是不可避免的。那个念头就好像一直扎根在我心里，突然在那个时候冒出来了一样。

既然你的行程是早就规划好的，那么你显然是信号的发送方，而我是接收的一方。多年前，我们在那家古老的木结构旅馆小住过几天后，这还是你第一次故地重游，这么想来，你给我隔空发送信号倒也不足为奇。关键在于，发送和接收信号的时候，人们往往是浑然不觉的。我们在思考的时候，自己其实也意识不到。就算想到特别激烈、特别悲伤，甚至极富戏剧性的情节，我们也感觉不到大脑发出嗡鸣或是嘎吱作响。究其原因，大概在于，我们的思想和身体或生理过程之间往往并没有关系。

我和你之所以会同时出现在那个让人既甜蜜又痛苦的地方，最简单的解释就是，一切源于心灵感应。而你的解释或托词则复杂得多，在我看来，就是一堆冰冷生硬的统计数字的堆砌。

如果纯粹从发生概率的角度来看，我们在那个老旧露台上不期而遇的可能性，大概可以打这么一个比方来形容：我们两个面对面站在峡湾的两端，手持步枪，各自射出一枚子弹，两枚子弹必须恰好在峡湾的正中相撞，然后融为一体落入水中。那大概属于超自然现象，或者至少，可以定义为"奇迹般的精准"。对于我来说，更简单的解读应该是：两个曾经亲密无间的灵魂，隔着遥远的距离，对魂牵梦萦的过往进行心灵交流。你向我发送信号，告知了你的行程，

一

而我在接收到信号后，欣然前往。

这就是心灵感应。如今已有大量文献证明心灵感应现象的存在，我提出的这一合情合理的解释，在你看来只是"巨大的巧合"而已。围绕心灵感应这一课题，世界上许多大学都开展过实验性研究。二十世纪三十年代，北卡罗来纳州杜克大学的莱因博士夫妇开创了名为超心理学的学科，并成为该研究领域的先驱人物。我这里有完整的文献目录，你愿意的话，我可以寄一些参考资料给你。

量子力学不是也已经证实，宇宙中的一切都息息相关，哪怕最小的粒子也是如此吗？

最近，在一些同事的帮助下，我也粗浅研究了一下量子力学。去年一整年，我们学校利用晚上的时间，定期举办了若干场跨学科研讨会。我们将这个小俱乐部命名为"红酒中的真理"，由此不难看出，这种社交方式非常轻松随意。我和几位物理老师还有自然科学老师聊过几个晚上，感觉相比于柏拉图时代，如今这个世界的神秘感，并未因现代物理学而有所逊色。斯泰因，如果有任何不妥的话，你尽管纠正我就是了。

两个具有共同起源或起点的粒子（比如两个光子）被分离开来，哪怕以极快的速度远离彼此，仍然可以构成一个相互关联的整体。即使它们沿截然相反的方向被送入太空之中，相隔若干光年之遥，它们仍会出现量子纠缠的现象。每个粒子都携带着蕴含另一个粒子属性的信息，"孪生粒子"中的一个有所改变，另一个也会随之受到影响。然而，造成这种现象的并非通信或交流，而是一种关联性，也就是我们所谓的"非局域性"。事实上，在量子层面上，世界是不存在局域限制的。这或许就像重力一样蹊跷，让人费解。在爱因斯坦看来，这是对理性的挑衅，因此他否认了这一现象。但在爱因斯坦去世后，这一现象已经通过实验得到证实。

现在我们所谈的已非心灵感应，而是物理感应。在我看来，远距离的心灵沟通对人类所产生的意义远大于量子力学——道理很简单，我们都具有灵魂。抬头仰望夜空，你会看见星辰、星系，还有倏忽划过苍穹的彗星和小行星，说不定你会露出会心的笑容。这些天体纵然壮观，可我们才是这个宇宙中鲜活的灵魂。彗星和小行星知道什么呢？它们能够感知喜怒哀乐吗？它们拥有自我意识吗？

对于迷信的人来说，光子应该具有意识吧，它们或许能够隔空传递思想，进行远距离沟通。可我并不这么认为。我相信我们人类占据着独特的地位，我们才是整座宇宙剧场里的灵魂！

斯泰因，就在你阅读这些文字的时候，几十亿粒中微子正在穿过你的大脑，它们来自太阳，来自银河系内的其他行星，来自宇宙的其他星系。它们以自己的方式，体现出宇宙的非局域性。

另一个矛盾之处在于，量子力学中的粒子不仅可以部分地以粒子的术语来描述，也可以部分地用波的术语来描述。粒子既具有波动性，也具有粒子性，也就是所谓的波粒二象性。实验已经证明，一个电子——也就是小型的点粒子或点状物——能够同时通过两条狭缝。这种现象有多不可思议呢，你不妨设想一下，就好像挥拍发出一只网球，让它同时穿过网球场围栏上的两个洞。

一

至于粒子是如何能够同时具有波和粒子的双重性质的，你无须明白，也不必向我解释。我只不过恳请你，尊重并接受宇宙本来的样子。物理规律之所以在我们眼中显得神秘，是因为它们本身就很神秘。对于天地间的万物，我们可能因为无法一一做出解释而感到遗憾，于是这种遗憾成为某些诗人的灵感来源——我们身处这个极度神秘的宇宙，却对它知之甚少，难免让人摇头叹息。不过就目前而言，这是我们不得不接受的事实。

你能够发送一个念头给我，而我或多或少能够有意识地进行接收，这种情况用今天的数学或物理知识显然解释不通。不过，它总不至于比量子力学更难让人信服吧？

你说呢？

英国数学家、物理学家詹姆斯·金斯曾说过这么一句话："宇宙看起来更像是一个宏大的思想，而非一部庞大的机器。"

我刚接到一份最新的气候报告，情况比我们预想的更让人忧心。有几名记者急着要在见报前发表评论，已经给我打了无数通电话要求采访。随着气候问题成为人们关注的焦点，如今一些媒体的态度也开始变得歇斯底里。所以现在，我不得不暂时中断我们的对谈，不过下午稍晚些时候我就会回来。我向你保证，绝对尊重你的信念。还有，无论你我如今支持的是哪种主义，我对你个人始终是尊重且在乎的。因此，请原谅我无法相信"超感官现象"。

好吧。不过你这家伙啊，内心其实有很多面。曾经我也算对你比较了解，所以现在我也打算就越橘女的话题写点什么。我能感觉到你的抵触和抗拒，就像那一晚，我的目光能穿透房门和墙壁，看见你抽烟的模样。但现在，你一定要沉下心来听我说。

那次出事之后，你哭了，像个孩子似的号啕大哭，我只能将你抱在怀里。三十多年后，我们再一次回到山上时，又发生了什么？

你在邮件里写道，你不相信任何未知力量能够操控我们的生活。可当我们再次站在那片白桦树林前的时候，你整个人不住地颤抖。身体是不会说谎的。

靠近那里的时候，你突然紧紧抓住我的手。曾经有一段时间，我们常常手拉手出门散步，可现在，你突如其来的动作几乎吓了我一跳。好在我立刻就反应过来，应该是我们靠近当年事发地点的缘故，而你迫切地需要我的慰藉。你害怕了！反正在山里的那片白桦树林前，你的情绪可不怎么稳定。对于不属于这个世界的东西，你感到恐惧而焦虑。

斯泰因，你的手厚实而有力，却在颤抖个不停！

那一瞬间气氛的凝固，多多少少也影响了我的心情。但我要比你冷静，内心也更有安全感。究其原因，或许是我对所谓"来世"已经产生了确定性。在我看来，超自然现象其实再自然不过。我已经做好心理准备，越橘女会以实体化的形式再次出现。当然，实体化是一个容易产生误导的说法，毕竟她不是物质。或许，她是一个"幻影"，所以摄影器材根本无法捕捉到她的影像。关于这类现象，历史学和超心理学领域充斥大量的记载和报道：尽管两个人在物质

一

世界中可能相距数千千米之遥，一个人可能立即出现在另一个人的身上，并以对方的肉身形式出现。不少文学作品中也描述过，有些人并未真正死亡，而且在复活后不久，还能发出旨意和信息，传达给接收的信众。然而，我们如今所推崇的文化由于高度物质化，几乎阻隔了和精神层面的接触，更遑论来世了。但你不妨读一读莎士比亚，读一读冰岛的萨迦①，或是翻一翻《圣经》《荷马史诗》。或者，你也可以听一听不同文化对萨满和祖先的看法。

你知道吗，我相信那一次，她之所以会现身，主要是出于安慰的目的。自从发生了你所谓"戏剧性的一幕"后，我曾无数次地反思和回想。她当时注视我们的眼神，并没有任何责备或怨恨的意味，而是充满了温柔。她露出了微笑。她已经穿越到了彼岸，一个没有恨的地方。因为彼岸并非物质世界，自然也就没有恨。

对我们两个来说，那一次的经历算是相当震撼。不仅仅是你，就连我也被吓得魂飞魄散——而且之前，我们已经担惊受怕了一个星期。如果她再度现身的话，我一定会张开双臂迎接这一切。

只不过这一次，她没有出现……

死亡并不存在，斯泰因。既然没有死亡，也就没有死者。

---

① 萨迦，是诞生于北欧的一种文学体裁，源于代代相传的口述故事。原意为"话语"，是人们用散文体将叙述祖先功绩的口头文学记录下来。萨迦后来逐渐成为北欧地区一种独特的文学体裁。

二

我回来了,你还在电脑前坐着吗?

我正绕着电脑走来走去,斯泰因。新的气候报告里都说了些什么?

信息量很大,内容也很惊人。报告指出,联合国政府间气候变化专门委员会迄今为止发布的总结报告都过于保守,并且未能充分考虑到所谓的反馈机制。简而言之,全球变暖会陷入恶性循环。北极冰川的融化会导致反射回去的阳光大量减少,从而造成整个地球温度上升。温度上升加速了永冻层的融化,释放出更多包括甲烷在内的温室气体。此外,还有许多类似的自我强化机制在发挥作用,或许我们正在接近致命的气候临界点,一旦越过该阈值[①],就会引爆一场不可逆的全球性灾难。就在不久前,我们大多数人都还乐观地

---

① 指临界值。

二

认为，北冰洋在夏半年里没有海冰的现象应该要在半个世纪后才会出现。如今我们意识到，这一进程的发展速度比预期的加快了许多，或许会提前二三十年。北半球冰层的消失，连带着导致亚洲、非洲和南美洲冰川的加速融化，这些重要的水源地的水资源变得匮乏，河流出现周期性的干涸，千百万人的粮食收成和生活用水都受到影响。报告指出，受到伤害的不仅仅是人类，全世界将有高达百分之五十的动植物物种濒临灭绝。

我们应该怎样对待自己生活的这颗星球？这才是症结所在。我们有且只有一个地球，它不仅属于我们，也属于我们的子孙后代。

话说回来，现在是你和我在对话，我一个人自顾自地往下说好吗？

没问题，你尽管往下说就是。我去客厅整理一些旧报纸和杂志，邮件提示音一响我就回来。

我当然记得马格里特的那幅画。我们曾经在卧室墙上挂了一张它的印刷海报，特别醒目。最近我上网又把它搜了出来。它的法语名字是 *Le Château des Pyrénées* [1]，描绘的是一个自由飘浮的世界。反正你和我是这么解读的。我们都曾是坚定的不可知论者，不愿轻易接受自古以来约定俗成的观念——神创造了世界。我们可以就事

---

[1] 译为"比利牛斯山的城堡"。

论事地讨论,在我们所谓的宇宙背后,是否另有实体?但对于更高力量以任何形式晓谕人类的启示,我们并不相信。令我们惊叹的是这个世界,以及我们自身的存在。

索尔伦,时至今日,我所秉承的人生观依然没变。对这个世界的存在,我永远都会惊叹不已。相比之下,无论当初在山间白桦树林里出现了什么,它都只是一个很小的谜。老实说,在我看来简直微不足道。相比于马戏和杂耍,我更着迷的是草原和热带雨林,苍穹中的亿万星系,以及它们之间几十亿光年的距离。

和曾经的你一样,我对谜一般的世界充满好奇,而对世界中的大大小小的"谜"并没有探索的欲望。我更关心的是自然,而非超自然现象。关于"超感官现象"各种捕风捉影的传闻逸事,我完全提不起兴趣,神秘莫测的人类大脑才是我的兴趣所在。

我个人认为,量子力学中的各种矛盾现象并不能广泛应用在物理学领域,更别说解释高等哺乳动物之间思想传递这种"精神"现象了。不过,世界上存在着高等哺乳动物这类物种,而且我也是其中一员,这一事实令我着迷不已。要说有谁比我更执迷于自身存在的伟大之处,这种人恐怕还真不好找。这种论断未免有些狂妄,但我也不怕说出来。所以,要给我扣上自以为是的帽子,我是不以为意的。

话说回来,你变成了怎样的人?你选择了哪一条路?

你说,现在的你对来世深信不疑,并且宣称,根本不存在什么

二

死亡。曾经的你，对活在当下的每分每秒都感到喜悦，现在的你还能做到吗？还是说，你对来世的执迷，已经完全取代了现世在你心目中的地位？

你曾感到"无限忧伤"，感慨生命"如此短暂，如此短暂"——这可都是你自己说过的话。现在呢？你还这么想吗？想到"暮年""寿命"这类词语的时候，你还会热泪盈眶吗？看见夕阳和落日时，你还会潸然泪下吗？你还会像从前一样，突然睁大眼睛，惊慌失措地大喊："斯泰因，总有一天我们会死的！"或者："总有一天，这个世界上就没有我们了！"

并非每一个二十多岁的年轻人都会想到，终有一天自己将不复存在，至少，对这件事的反应不像你那么强烈。但在我们在一起的那段日子里，这件事几乎成了每天都要谈及的话题。那时，我们不断尝试最惊险刺激的项目，不正是出于这个原因吗？久而久之，我也不会追问你为何落泪，我知道其中缘由，而你也知道我知道。所以每当你黯然神伤时，我就提议去森林或高山徒步。那些年，为了寻求慰藉，我们有过无数次短途郊游。你热爱户外活动，可你对所谓"自然万物"的喜爱，从某种意义上说更像是一场单相思，因为你始终明白，总有一天你会被自己深爱的一切所抛弃，最终只留下孤单一人。

这就是我们的曾经。你在笑和哭之间不停摇摆，你对生命的喜悦仿佛一层面纱，下面总是藏着忧伤。我也一样。只不过和我相比，你的忧伤更加深沉，你的喜悦和热情也更加浓烈。

比利牛斯山的城堡

说回越橘女的话题。我并不是想要否认她的存在,而且当时我整个人的确陷入崩溃。她们两个也太像了。而且她跟了我们一路,她是如何做到的?

但不久前那次,颤抖的不仅是我的手,更是我的生命。三十年的岁月倏忽而过,当我们再次故地重游,那种真正年轻的感觉,还有我们在一起的感觉,突然如此鲜活灵动地涌上我的心头。那时,就是因为白桦树林里出现了不真实的一幕,我们之间才出现裂痕,从此黯然分手。

那天我之所以突然抓住你的手,当然和我们即将经过那片白桦树林有关。我记得,三十年前,它带给了我们多么大的震撼和冲击。我记得,我们是多么惊慌失措,而且我也不否认,时至今日我仍能感觉到一丝恐惧和战栗。但我并不是因为可能会再次撞见幽灵而害怕。我害怕的是自己会不由自主地陷入疯狂或失控境地,这让人感到焦虑。而且,疯狂和害怕的情绪都是会传染的。

自从那件事发生后,你就变得不再是你了。之后的几个星期里,我甚至害怕和你待在同一个房间。我只能调整情绪,盼着你能恢复原来的状态。可还没等到这一天,你就带着你的东西离开了。我等了你很多年。我总觉得,说不定什么时候,你会突然回来按响门铃。但你其实带走了钥匙,所以到了三更半夜,我又会恍惚你趁我熟睡时悄悄地回到了公寓。我躺在偌大的双人床上,满脑子都是你。可我也担心,再次出现时,你还没有变回原来的索尔伦。我就这样胡思乱想了几年,后来我给门加装了防盗锁。

二

越橘女那件事,一直都是我生命中的未解之谜。但当时我们都太年轻了。更何况事情已经过去三十多年了,恐怕我再也不会知道答案了。

是的,斯泰因。

什么意思?

他又站在那儿了!我根本没法集中精神。只要他站在梯子上,拿着刷子在绿色油漆桶里蘸来蘸去,我就没法回忆三十年前的事。油漆非得刷两遍吗?他就不能等上一天,让第一层油漆干透了,再刷第二遍吗?

没事,你去做点别的事好了。反正我还要在这儿坐上几小时。

我去倒了杯苹果汁,加了四块冰。回来的时候我发现,两条腿和铝梯都已经不见了。他该不会等会儿又折回来,刷第三遍油漆吧?

说到不可知论,唉,我们以前就是两个活生生的木偶!你记得吗,无论走到哪儿,我俩都持有一种神秘的人生观,而且觉得这是我俩的专属。我们是两个游走于主流群体之外的边缘人,我们为自己搭建起一座魔幻般的前哨站,从而得以冷眼旁观一切,就好像创造出自己的宗教。这话我们也说过。我们说,我们拥有自己的宗教。

但我们并不满足于成为彼此唯一的教友,有段时间,我们甚至还进行过宣传活动。想必你还记得,每到星期六,我们都会抱着塞满小字条的袋子游走在大街小巷之间,像发传单似的,将字条分发给路人。前一天晚上,我们熬了一整个通宵,用一台旧打字机敲出信息——致全体市民的重要通知:世界就在当时当下!我们往打字机里塞了一张又一张白纸,将同一句话重复了数千遍,然后小心地将纸裁成条折叠起来,搭乘有轨电车前往国家剧院。下车后,我们会去学生林公园①里找寻合适地点,或是在地铁霍尔门科伦线入口的台阶上派发我俩小小的思想结晶,试图唤醒一部分市民,将他们从我们认为的精神麻木状态中拯救出来。我们满怀热情。不少人向我们报以善意的微笑,也有不少人直接表示了不满。因为我们提醒了对方活在当下的状态,一些人为此大为光火。

此外,由于二十世纪七十年代的整体氛围,沉溺于对生命存在的空想被视为典型的政治不正确的做法。许多左派人士认为,指出宇宙是一个谜的行为,具有相当程度的反叛色彩。重要的不是理解世界,而是如何改变世界。

至于打印小字条的创意,是我们从圣诞拉炮的笑话条里得到的灵感。好像最初的计划是烤一个杏仁年轮蛋糕,往里面塞入小字条,然后将蛋糕作为甜点送往派对现场。你记得吗,我们还讨论过策划一场抗议游行活动,时间就定在五月二日。当然,制定完几句口号

---

① 挪威奥斯陆市中心的一座公园,毗邻国家剧院。

二

后，这件事便不了了之了。不过我们其实是参考了榜样和先例的。法国五月风暴期间，巴黎大学生在索邦大学墙壁上写包括"想象力当权！""死亡就是一场反革命！"等口号。根据我们的设想，游行队伍会高举写有这些口号的横幅穿过大街。斯泰因，你真是太有创意了。

有一段时期，我们常去美术馆和音乐厅——主要目的并非欣赏艺术或音乐，而是观察所有的"活木偶"。阅读过赫尔曼·黑塞的《荒原狼》后，我俩将这类活动一概称为"魔幻剧场"。有时我们也会坐在咖啡馆里，挑选单独的样本近距离观察。他们每一个人都自成一个小宇宙。我们不也说过，那都是一个个"灵魂"吗？我是笃定的。我们所观察的并非"机械化"的木偶，而是"活生生"的木偶。这是我们当时用的形容词。你记得吗，我们坐在咖啡馆的一角，以他们为原型，设计出错综复杂的故事情节。我们甚至还会将其中几个的"灵魂"带回家，在接下来的几天内继续构想。我们给他们起了名字，为他们打造出完整的人生剧本。我们以虚构的脚本筑起一整座圣殿。这种几乎不受限的人类崇拜，成为我们宗教中的一个重要因素。

后来，我们就在卧室的墙壁挂上了马格里特的那张海报，我记得应该是从霍维克角的海尼-昂斯塔德艺术中心买来的……

说到卧室。大白天的，我们窝在床上，床头柜上放着一瓶"香槟"和两只玻璃杯，一连好几个小时，我们就半坐半躺着，互相朗读。我们读斯泰因·梅伦[①]和奥拉夫·布尔[②],尽管当时所谓的"抒情诗"遭到抵制,我们还是任由自己沉浸其中。我们当然也读扬·埃里克·沃尔[③],他所有的作品我们几乎都读过。对了,还有拉斯柯尔尼科夫[④]和《魔山》[⑤]。这些大部头文学作品同样是床和香槟计划的一部分。所谓"香槟",其实不过是一种名为"金力"的起泡酒。它味道很甜,价格低廉,酒劲又特别足,所以我们干脆叫它"香槟"。

当时的我们是多么珍惜这副有血有肉的躯体啊。我们享受作为男人和女人的俗世生活。然而,也正是因为肉体上的欢愉,我们才会意识到死亡的不可避免。我们的说法是,一秋之计始于春。当时我们都才二十出头,可相视时,我们不约而同地意识到,自己已经开始老去。

生命是一个奇迹,值得我们不断狂欢庆祝。或许是仲夏夜的一次森林远足,或许是临时起意的自驾之旅。有一次你突然说,不如开车去斯科讷[⑥]吧。五分钟后,我们就开车上了路。我俩谁都没去过那儿,甚至连过夜的地方都还没着落。

---

① 斯泰因·梅伦(1935—2017),挪威诗人、散文家、剧作家。
② 奥拉夫·布尔(1883—1933),挪威诗人,曾六次获得诺贝尔文学奖提名。
③ 扬·埃里克·沃尔(1939—   ),挪威抒情诗人、翻译家、作家。他为挪威抒情诗的推广和普及做出了巨大贡献。
④ 陀思妥耶夫斯基的小说《罪与罚》中的主人公。拉斯柯尔尼科夫深陷无政府主义思想之中,认为自己属于不平凡的人,可以为所欲为。为生计所迫,他制造了一起震惊全俄的谋杀案。犯罪后,他在精神上受到巨大的惩罚,最终他选择投案自首,被判流放西伯利亚。
⑤ 德国作家托马斯·曼的代表作。
⑥ 瑞典最南部的一个省份。

二

你记得吗,我们一口气开到了当地著名的伦德格林姐妹咖啡馆。我俩说说笑笑,一路都未曾合眼,后来直接倒在草地上睡着了,最后还是被一头奶牛吵醒的。就算它不出现,过不了多久,我俩也会被蚂蚁咬醒。我俩发了疯一样直跳脚,努力想要甩掉这些小讨厌鬼,可它们不光在衣服外面爬来爬去,还钻进衣服里面,贴着皮肤四处乱窜。你气急败坏地管它们叫"瑞典蚂蚁",将它们的恶劣行径定义为"针对个人的侮辱"。

滑雪穿越约斯特谷冰原①,绝对是亡命之徒脑洞大开的想法,这也属于你所谓惊险刺激的项目。这事发生在三十多年前的五月。一天下午,你突然宣布:我们去约斯特谷冰原滑雪!这话与其说是提议,不如说是命令。因为那时我俩之间有个不成文的约定,一方突发奇想的话,另一方必须无条件服从。所以我们几分钟就打包完毕,跳上车,一脚油门踩了下去。过夜的话,在山上的随便哪座城市,或者莱达尔都行,要么干脆直接睡在车上。反正我俩年轻气盛,潇洒不羁。我们的计划是,一进入峡湾就扛上滑雪板直奔冰原。我们听说,如果抵达时间太晚,当天来不及滑雪穿越的话,那儿有一座自助式石头小屋可以过夜。我们两个都没接受过冰川滑雪的专业训练,就这点来说,可谓彻头彻尾的不负责任。反正那次的冰原之旅最后不了了之了。我们第一次感到了挫败——你知道我指的是什么——我们在旅馆待了整整一个星期,最后垂头丧气地回了家。旅

---

① 主体位于松恩-菲尤拉讷郡,是欧洲大陆最大的冰原。

馆的房费并不便宜,又不提供学生折扣。但让我们心烦意乱的不只是手头拮据,毕竟我们还是带着支票簿的。

我之所以写这么多,是想强调,今天的我对于生命,仍然怀有和从前一样的热情。你问:"曾经的你,对活在当下的每分每秒都感到喜悦,现在的你还能做到吗?"我的回答是肯定的。

但很多东西的确变了。因为其间有额外的因素介入,确切地说,是一个全新的维度。你问我,是否还会感到"无限忧伤",感慨生命"如此短暂,如此短暂"……想到"暮年""寿命"这类词语的时候,是否还会热泪盈眶?现在的我,可以释然地回答——不会。我已经不再落泪。关于注定到来的未来,我现在的态度反而是……怎么说呢?平静,淡定。

我对血肉之躯的存在仍然感到喜悦,只是那种欢愉感已经不像从前般强烈。现在的我,更多地将身体看作一副躯壳,一种外在的、非本质的存在。我不会一直拖着它负重前行。现在的我确信,在肉体死亡后,我口中的"我"仍然会延续下去。在我看来,我的肉体并不等同于真正的我。打个不恰当的比喻,我的肉体和衣橱里的旧衣服一样,顶多只能"代表我",或者"属于我"。我是不会把它带走的,就像洗衣机、汽车或信用卡一样,都带不走。

我很愿意和你分享这一切,不只愿意,简直乐意之至。现在,我读《圣经》读得非常多。所以说,我钻研的也不只是超心理学。对我来说,《圣经》和超心理学是并行不悖的,或许,你对它们的排斥也是出于同样的态度。

二

所以现在,我想问问你:现在的你相信什么?我当然知道你的过往和背景,可你的生命中,是否也出现了新的色彩呢?

谢谢你上一封发来的邮件。你的态度不像其他邮件里那般自以为是。你坦然地向我伸出了手。但是斯泰因,你的掌心里空空如也。我多想让里面变得奇妙而精彩。希望有朝一日,我能给你一个鲜活灵动的证据,告诉你死亡并不存在。请耐心等待。总会有那么一天的!就目前而言,失联了三十多年后,你仍然愿意重启我们之间的对话,我对此的确心存感激。

当读到你害怕和我待在同一个房间里时,我难过极了。这话你从没说过。我还以为你只是对我新冒出的念头感到厌倦,所以选择封锁内心而已。

无论如何,在那件事发生之前,以及你认为我失去理智之前,曾经的我们,以及我们所拥有的一切,都值得感恩和珍惜。我从没有失去理智,但我们的遭遇的确充满了戏剧性,导致我突然切换到另一种人生哲学。但最富戏剧性的还是分手,曾经那么亲密的二人团体,就此分道扬镳。

那你呢,你记得其他的一切吗?你记得那些惊险刺激的冒险吗?我猜,只有那些你想记住的你才会记住。

我当然都记得。我常常回想我们共同生活的那五年,那段岁月是我生命的精髓。

比利牛斯山的城堡

  我们决定步行前往特隆赫姆[1],然后就真的一直走到了那儿!我们决定在米约萨湖[2]上体验一把扬帆的乐趣,然后就真的驾驶了帆船。我们坐在艺术家之家[3]的咖啡厅里,突发奇想打算骑行去斯德哥尔摩。于是我们回家睡了几小时,然后跳上自行车,一路骑去了斯德哥尔摩。

  最疯狂的一次,就是我们前往哈当厄高原[4]的探险之旅。我们决定在那里露营几个星期,体验一下石器时代人类的生活。我们坐火车进入山区,然后在海于加斯特尔西南方向几千米的一个洞穴里,搭建了我们临时的小家。我们带了厚衣服和羊毛毯,还带了两个塞得满满当当的午餐盒,这样一来,忙于安顿的头几个小时里可以充饥。我们还带了独立包装的脆皮面包和饼干作为应急的口粮。我们带了一口锅、一卷钓鱼线、一把猎刀和两盒火柴。不过也就这么多了。要说不合时宜的东西只有一件,就是你带的那盒短期避孕药。因为我们完全没有时间概念,所以只能靠避孕药包装上的日历贴纸来计算日子。第一天,我们主要用岩高兰、云莓和蓝莓等浆果来填饱肚子——然后用杜松子泡了热茶来提神。到了第二天,我们找到了几根可以用作鱼钩的鸟骨,接着又挖了几条蚯蚓,于是成功钓到

---

[1] 南特伦德拉格郡的首府,也是挪威第三大城市。
[2] 挪威中南部的一座湖泊,位于奥斯陆以北约 100 千米,是挪威最大的湖泊,面积约 369 平方千米。
[3] 奥斯陆的一家美术馆。
[4] 挪威南部的一座高原,在这里建有挪威最大的国家公园——哈当厄国家公园。

二

了一条鳟鱼，在石板上烤熟后美美地饱餐了一顿。我们本指望能逮只野兔或是松鸡之类的动物，可是野兔跑得太快，至于松鸡，我们只要一扑过去，它就扑棱着翅膀跑掉了。越是吃不到肉，我们就越馋。后来，我们在无意间发现了一群野生驯鹿，便有了主意：搬开一块大石头，挖了个陷阱，又在上面铺上圆叶桦、地衣和苔藓。虽然那群野生驯鹿后来就不见了踪影，一只羔羊却意外掉入了我们的陷阱。我们狠心杀了它，靠羊肉生活了数日。我们用羊骨做了鱼钩和厨具，我还挑了一根打磨成首饰，把它用韧劲十足的藤蔓穿起来，挂在你的脖子上。另外，我们收获了一张羊皮，而且羊皮还派上了大用场。因为白天越来越短，一天清晨，地上甚至还结了霜。那时，我们才开始收拾行囊准备离开，心里充满了胜利感。你的避孕药只剩下四颗，意味着我们经历了十七天的穴居人体验。我们选的藏身之处也不错，一连那么多天都没撞见一个人。我们成功向彼此证明了一点：我俩是能够适应石器时代的人类生活的。当然，回家的感觉也很好，我们舒舒服服地洗了个澡，倒在双人床上，喝掉了一瓶香槟。差不多有一天半的时间，我俩都没离开过床。浑身僵硬不说，还像倒时差一样日夜颠倒。那感觉就好像我们穿越回了几万年前一样。

　　回想这一切的确有趣，或许我生命的精髓也是那十七天，我和你与世隔绝、离群索居，成为苍穹之下彼此唯一的依靠。不过，今天的你会怎么想呢？又有什么是你相信的呢？

这个问题未免有些模棱两可。不如我们来玩个小游戏。你是一名大学教授,正坐在办公室里无所事事。我是一名慕名拜访的女大学生,你让我进了门,因为这意外的造访而心中窃喜。然后我开口说:"我们听了您的课,教授。您讲授的一切都很吸引人,但对于不知道的东西,您秉承怎样的信念?"这是一个直截了当且相当私人化的问题,而且来自你的得意门生,所以你颇有些受宠若惊,干脆即兴来了场小型演讲。开始吧,斯泰因!我正期待着这场小型演讲呢。(但请别说太久。看样子今晚又要户外烧烤了,我起码得拌个沙拉。)

你不是说真的吧!我怎么可能拒绝得了这种诱惑呢?

那你就欣然接受好了。

好吧,我就接着刚才的话头往下讲。我相信我们就是那些石器时代人类的后裔——反正他们也不吃避孕药。我们和他们同属的智人种,是直立人的后代,而直立人则由非洲南方古猿和能人进化而来。

记得吗,索尔伦,我们首先是灵长类动物。如果追溯到几百万年前,你会发现我们和黑猩猩,还有大猩猩拥有相同的起源。这些你当然很清楚,我们之前讨论过,这一认知所产生的推动力,使我们对生命拥有强烈的感知,让我们在自然中找到归属感。其次,我们是哺乳动物,与哈当厄高原上的野兔和驯鹿并无区别,而哺乳动

二

物所属脊椎动物的前身,是两亿年前的似哺乳爬行动物,即兽孔目。

但我们为何要追溯呢?那感觉就好像逆流而上。我们不妨将自己置身于起点的位置,干脆来一场快进式的穿越之旅?我只需要粗略地概括即可。

根据最新的估测,这个神秘莫测的宇宙大约诞生于一百三十七亿年前。那时发生了我们所说的"大爆炸"。大爆炸为何会发生?又是如何发生的?这可别问我。当然问别人也没用。因为谁都不知道答案。唯一可以肯定的是,在几分之一秒内,体积无限小、质量却无限大的宇宙奇点发生爆炸,巨大的能量释放出来,转化为物质,形成质子、中子、电子和一些所谓的"轻子"。随着宇宙逐渐冷却,中性原子逐渐形成,宇宙中的气态物质凝聚成密度较高的气体云块,发展成为恒星、行星、星系和星系团。太阳系和我们所在的行星已经存在了四十六亿年之久,相当于宇宙年龄的三分之一。对于地球的历史和演化过程,我们还是略有了解的。

三十亿年到四十亿年前,地球上开始出现最原始的生命形式。它们或许完完全全在地球上从无到有发展起来,我们不妨称其为"本地产品",也不排除另一种可能:生命的基本化学成分——所谓"前生物合成"——来自遥远的地方,是彗星或小行星撞击的结果。虽然地球出现生命的年代距今遥远,但有一点可以确定:当时地球的大气层中还没有氧气,因此一开始,我们的星球完全缺乏起保护作用的臭氧层。氧气和臭氧层都是有机物大分子形成的重要前提条件,于是这里就出现了一个有趣的矛盾现象:生命形成的最初,地球上必然缺乏生命繁衍所需的必要条件（包括富含氧气的大气层，以及起保护作用的臭氧层）。据科学家推测，最初的活细胞应该从海洋中进化而来，或许位于很深的水域。自由流动的氧气和臭氧层都是光合作用的产物，也是高等生物在地球上赖以生存的必要基础，且光合作用本身也是生命存在的证据。然而，新的生命不可能再次进化。在这颗星球上面，所有生命的历史很可能同样久远。

直到进入太古代（也就是我们说的"前寒武纪"），光合生物出现后，地球才具备了植物和动物等高等有机体生存的条件。寒武纪时期（距今约五亿四千三百万年至四亿九千万年），地球上出现了第一批软体动物和节肢动物。奥陶纪时期（距今约四亿九千万年至四亿四千万年），又出现了第一批脊椎动物。地球因为内骨骼而焕发新的生机。五亿年后，脊椎动物的一个小分支派出代表进入太空，开始研究宇宙的起源。

志留纪时期（距今约四亿四千万年至四亿两千万年），第一批陆生植物出现。在第一批陆生动物中，最早出现的物种应该是蝎子。这些节肢动物门蛛形纲的代表，率先在干燥的陆地上留下爬行的痕迹。在泥盆纪时期（距今约四亿两千万年至三亿五千九百万年）的晚泥盆世，已经有两栖类动物开始适应陆地生活，其中的典型代表是起源于两栖类的迷齿亚纲。到了石炭纪时期（距今约三亿五千九百万年至两亿九千万年），陆生脊椎动物迅速进化，陆续出现了各种各样的两栖动物和爬行动物。二叠纪时期（距今约两亿九千万年至两亿五千万年）延续了这一发展趋势。这一阶段最为典型的特点，就是大批爬行动物适应了较为干燥的气候。二叠纪时期

二

同样出现了第一批兽孔目,它们也是哺乳动物的直接祖先。

三叠纪时期(距今约两亿五千万年至两亿零一百万年),地球上出现了第一批哺乳动物和第一批恐龙。晚三叠世开始,恐龙成为陆地的主宰,这一现象延续整个侏罗纪时期(距今约两亿零一百万年至一亿四千五百万年),直至全球性灾难的爆发才宣告终结。据推测,白垩纪(距今约一亿四千五百万年至六千六百万年)末期,一颗小行星撞击了墨西哥尤卡坦半岛,形成了著名的希克苏鲁伯陨石坑,从而造成恐龙的灭绝[1]。但恐龙的痕迹并未从地球上完全抹去。所有迹象都表明,当初在哈当厄高原上,你我尝试捕捉的那只松鸡,其实就是某一恐龙族系的直系后代。其他鸟类也是如此。所以,古生物学家会半开玩笑地说,鸟类就是恐龙。

话说回来,你、我以及其他所有的灵长类动物,都与一种类似鼩鼱的食虫目存在亲缘关系,六千六百万年前,肉食性恐龙的统治时代结束后,它们便勇敢地踏上了地球冒险之旅。还记得我和你开玩笑说,我们都是鼩鼱!

第三纪时期(距今约六千五百万年至二百五十八万年)[2],哺乳动物的灵长目迅速进化。我们人类的祖先,也就是我之前提到的南方古猿或"类人猿",则在第四纪的更新世(距今约二百五十八万年至一万一千年)出现,第四纪也是属于我们自己的地质年代。

---

[1] 关于白垩纪–古近纪生物大灭绝的原因,学界尚无定论,有小行星撞击说、气候变迁说、海退说等多种推论。——编者注

[2] "第三纪"这一名称如今已不再使用。原第三纪被一分为二,前期被称为"古近纪",后期被称为"新近纪"。——编者注

比利牛斯山的城堡

这就是我所秉承的信念！我相信天文学和天体物理学的观点，我相信生物学和古生物学所讲述的地球生命进化历程。我对自然科学的世界观深信不疑。当然它也在不断地修正和调整。科研就是这样一个过程，往前走两步偏一步，或是往前走一步偏两步。但我仍然相信自然法则，归根结底，我相信的是物理学和数学的规律。

我相信实际的存在。我相信事实。我们当然不能理解所有现象，无法洞悉一切的本质，我们的认知也存在偏差和漏洞。但我们所明白的东西已经比祖先多出许多。

在最近的一百年里，我们就已经破解了那么多谜团，仅凭这一点，你不会觉得震撼吗？我们不妨将爱因斯坦在1905年提出的狭义相对论作为起点，回顾这一个世纪以来的成就。$E=mc^2$ 这一质能方程式背后，隐藏着对宇宙本质的深邃认知：质量能够转化为能量，而能量也能转化为质量。二十世纪二十年代，哈勃观察到宇宙物理学中的红移现象，从而确认，遥远星系的退行速度，与它们和地球的距离成正比。哈勃定律之所以成为二十世纪最重大的科学突破之一，是因为它证实了宇宙的膨胀，以及所谓"大爆炸"的宇宙起源。大爆炸的理论后来得到多方证实，其中一个有力证据就是大爆炸遗留的微波背景辐射，它意味着，自从一百三十七亿年前的大爆炸发生以来，宇宙仍保有余温。1990年，以哈勃命名的空间望远镜成功发射。它围绕地球运行，经过必要的维修、维护，它已经能为我们提供数十亿光年外的重要星空照片，从而有助于科学家回溯数十亿年前的宇宙历史，因为远望宇宙，就等于回顾时间。虽然我们不可

二

能回到大爆炸发生后的三十万年看个究竟,但现在,几乎已经没有什么能够阻止我们追溯宇宙的起源了。在最近一百年里,生物化学以及人类对生命的认知也有了显著的进步和发展。一座重要的里程碑就是克里克和沃森于1953年提出的DNA双螺旋结构模型。另一座里程碑则是人类基因组图谱的绘制,其中包含约三十亿个作为遗传物质载体的碱基对。这份图谱已经于2003年绘制完成[1]。就我们对宇宙的理解和对物质的认知而言,下一座里程碑将是欧洲核子研究组织于2008年进行的一项伟大物理实验。它将启动世界上最大、能量最高的粒子加速器——大型强子对撞机,旨在研究大爆炸后的0.000000000001秒,构成宇宙的粒子究竟有哪些[2]。当我们对宇宙历史的了解已经能够精确到微乎其微的若干分之一秒时,或许,我们不应再有任何理由抱怨人类认知的局限了。

过去,人们总会认为,讨论宇宙起源或生命本质这些宏大问题,和分析月球背面的形态一样徒劳无益,因为月球总是以正面朝着我们。但今天看来,这种论调未免幼稚可笑,自从人类成功登月后,我们在任何一家书店里都能翻看到月球背面的清晰照片。

简直太精彩了!得了吧。我那是讽刺。

---

[1] 首份人类基因组图谱并不是完整的,只包含92%的人类基因组序列。2022年4月,完整的人类基因组图谱公布于世,意味着完成人类基因百分之百测序。——编者注
[2] 该大型强子对撞机已于2008年9月10日正式投入运行。——编者注

你让我联想到一个小男孩，由于无法回答别人提出的问题，于是顾左右而言他。我问的是：现在的你，对于世界上发生的奇迹怎么看，不是让你对已知的内容夸夸其谈。

你总不至于认为，那个女学生敲开你办公室的门，就为了得到这些答案吧？你又不是她的参考书。

关于你对天文学、古生物学和科学史的阐述，我并没有冷眼旁观的意思，我愿意接受一切观点。可是，你只是在堆砌事实而已。从这个意义上说，你没有回答任何问题。关于一切如何发生又为何发生，你完全没有任何理论依据。你只是如实反映出这个世界所展现出的面貌而已。

至于那个最大的谜团，或许也可以认为是核心的谜团，你却只字未提——为什么我们拥有熠熠闪耀的灵魂？我们每一个人都代表着宇宙的一个灵魂。那年，我们在形容"活木偶"的时候不就是这么说的吗？

不妨想象一下，一个孩子走到母亲面前，问"我是谁？"或者"人是什么？"，为了更好地回答这个问题，母亲却拿起一把刀，想要剖开孩子的身体。

不过，邮件中的一小段我还是反复读了好多遍。你是这么写的："根据最新的估测，这个神秘莫测的宇宙大约诞生于一百三十七亿年前。那时发生了我们所说的'大爆炸'。大爆炸为何会发生？又是如何发生的？这可别问我。当然问别人也没用。因为谁都不知道

二

答案……"

  曾经的我们一度徘徊在闪耀的边缘地带，满心喜悦地沉浸在"极度神秘"的不可知论中。或许正是这种狂热激发了我们的潜能，让我们挨过了十七天的穴居生活。我们被好奇心冲昏了头脑，不顾一切地想要探索一切。至少在我们看来，石器时代人类的生活究竟是怎样的，答案已经唾手可得。

  现在的你我，其实未必会有很大的分歧。不同之处或许只是在于，你所说的"宇宙大爆炸"，在我看来却是造物的时刻，或者就像《创世记》第一章第三节所述："神说，要有光，就有了光。"

  你口中平淡无奇的"巨大能量的释放"，对我而言却是一个创举。而且站在我的立场，我必须补充一句：既然能够如此接近上帝的造物之手，只隔了 0.000000000001 秒的距离，对于神的存在却没有一丝一毫哪怕是最为模糊的感觉，在我看来实在算不上敏感。

  我现在再给你一次机会。你心里到底是怎么想的？我指的是，对我们所不了解的东西。

  你删了吗？

  怎么了？

  你还记得要先删除我的邮件再给我回信吧？

对啊……

我就是觉得，你记性也太好了吧，能把我写的内容记得一清二楚。就比如你引用的那"一小段"。你甚至还加了引号。如果我没记错的话，你是一字不差地复述下来的。

这话说的。我的记性向来很好。在某些方面，我还是颇有些"能力"的……

好吧——

尤纳斯和尼尔斯·佩特已经把烤炉生起来了，我得拌沙拉去了。我才发现，这小子的身高已经超过他父亲了。总而言之，今晚剩下的时间，我估计是脱不开身的。明天行吗？

明天我有的是时间。那祝你全家晚餐愉快！

也祝你和你机智风趣的岳父聊得开心。

三

早上好！在吗？

邮件是半小时前发来的。可我现在才坐到电脑前，连上网。

外面天气出奇地好，一丝风也没有，暖暖的，舒服极了。我带了笔记本电脑，坐在小花园的桌子边，边晒太阳边写邮件。以前，外婆就是站在那里，一边照顾花花草草，一边喃喃自语："对，就是那个斯泰因！"

哎，这就是我们西挪威人，从不辜负夏日里任何一个好天气。为了享受阳光，也为了应景，我特意穿了一条缀着樱桃图案的黄色连衣裙。笔记本旁边还放着一小碗樱桃，那是我从码头边的艾德杂货店买的。

你呢？

我应该提过，我住在奥斯陆的诺德贝格区，距离我们当年住的地方不远。我记得我们有几次散步的时候，就从我现在住的房子前面经过。沿着国王大街一直走到底就是。当然你都三十多年没来过了，街道名称什么的大概都忘了。

我坐在阳光房里，下面就是一座朝南的花园。我打开了两扇大落地窗，所以和坐在户外没什么两样。偶尔会有一只熊蜂飞进来，没过几秒就又飞走了。贝丽特想要在这儿栽几盆花，被我拒绝了——花园里的花花草草已经够多了。作为交换条件，我同意整个冬天都在阳光房里摆满绿植，反正到时候就算开了窗，也不会有熊蜂或者大黄蜂光顾。这就是婚姻生活中典型的妥协让步吧。起码在种花种草这种事情上，我们能够心平气和地找出一个折中方案。

贝丽特刚刚结束休假回去上班。我可能和你说过，她在奥斯陆的乌勒沃医院担任眼科医生。伊妮和诺伦照例出去闲逛了，她俩就像夏日本身一样慵懒闲散、自由自在。现在只有我一个人在家。

我能很清楚地回忆起国王大街，也还记得我们当时一起散步的情形。我们会步行前往贝格地铁站，有时候还会继续往南，一直走到布林登校区。还不止一两次，斯泰因。后来每次去奥斯陆，我几乎都会去克林舍一带走走。别忘了，我可是在那里住了五年，而且是意义重大的五年。奥斯陆也曾是我的家啊！直到今天，我偶尔都还会绕着松恩湖[①]走上一两圈。那儿不至于是"禁区"吧？

[①] 奥斯陆北部的一座湖泊，周长约3.3千米。

三

当然不是。没想到你之后还回来过。真好。

可我从没碰到过你。我是说,沿着松恩湖散步的时候。

没有。所以啊……

所以什么?

所以巧合这种事,不会总发生的。

说不定是要把大团圆的这一幕攒着,等我们回到旅馆的旧露台……

你真幽默。说起来,你绕松恩湖散步的时候,方向是逆时针还是顺时针?

一直是逆时针,斯泰因。我们当年就有这个习惯。

看来我和你一样保守。也就是说,我很可能就在你身后,隔着50米或者100米。现在我开始慢跑了,说不定下次我能追上你。

眼下,我更想在脑海里描绘出一幅画面:在诺德贝格的阳光房里,你坐在电脑前。我已经记下了那只刚从你身边飞过的熊蜂,多谢。但我和你之间可是隔着千山万水啊！要坐两趟渡轮不说，还有600千米的陆路。所以我还需要更多信息。就没其他可描述的吗？

那这么说好了。我穿了一件白色T恤衫和一条卡其色短裤，光着脚。面前支了一张小桌子，其实就是个花架底座，刚好放得下一台A4纸大小的笔记本电脑。我在窗台上放了一杯意式浓缩咖啡和一杯矿泉水。我坐的是一把吧台高脚凳，也不知道它怎么从厨房跑到这儿来了。现在室外的气温接近25摄氏度。往外看的话，花园周围是一圈崖柏树篱，里面种着一棵西洋梨，果实还没成熟，两棵李子树上面结的李子倒是快熟了，蓝紫色的。我刚想起来，这种李子的品种好像叫"赫尔曼"。花园正中放着一只旧旧的日晷，周围满是一丛丛的金叶过路黄，一整个夏季几乎都开花。碎石子路两旁种着白色和红色的落新妇，它们虽然开得比较晚，但直到深秋时分，那些伞状的小花柱还会傲然挺立——

这些信息能够弥补两趟渡轮和600千米陆路的距离吗？

绰绰有余。现在我能看见你的样子了。就一点，短裤？以前你可从不穿短裤。你总是穿灯芯绒长裤，要么是褐色的，要么是米色的，有几次你还穿了大红色。看来你确实变了。

现在你可以敞开心扉，畅所欲言，斯泰因。我就坐在这儿。

敞开心扉，畅所欲言？

三

对于无法解释的事情,你是怎么看的?你还有一次机会,可以和我说说。

对哦。昨天你问过我差不多的问题,我已经记不清楚自己是怎么回答的了。那个星期三,你们离开书市后,我在旅馆外面的花园里走了很久,又一次陷入反思:我们当初究竟为何选择分手?就是关于相信什么、不相信什么的问题。我再次想到了越橘女,我试着回忆我们之间的对话,在一切突然变得死寂般沉默、陷入僵局之前,我们进行过各种讨论。

想到要回顾分手经过,我几乎焦虑到难以自制。你说得没错,分手前一晚,我实在太绝望了,只能坐在卧室里一根接一根地闷头抽烟。当时我们已经无法继续交流,甚至不能待在同一个房间里。天蒙蒙亮的时候,我倒在床上,一盒二十支装的香烟就剩下一支了。这个细节我记得很清楚,因为过了一个小时,我爬起来的时候,就坐在床边把它点着了。抽到一半我就掐灭了烟头,走进客厅,看见你也坐在沙发上,闷头抽着烟。

你喊了一声我的名字,斯泰因。但你的眼神说明了一切。于是我点了点头。

我知道那一天你就会搬走。你也知道我看出来了。但我没有设法挽留你。

一晃三十多年过去了,你突然回来,问我到底是怎么想的、我到底相信什么。或许答案会让你失望了,从个人层面来说,我不确定自己"相信"任何事情。就这点来说，对于我不相信的东西，阐述起来反而比较容易。

现在你把我绕得有点晕了。那这么说好了：有什么是你不相信的？

应该能用一个词概括。我不相信任何形式的"启示"。因为这世界上有太多东西值得去思考，有太多我们不知道的事情。相信和怀疑，二者之间的界限是模糊的。

真的吗？

我们会在不同场合中用到"相信"一词。我们可以相信，曼联会战胜利物浦，或是相信明天天气不错。这里的"相信"，其实是指我们认为其中一种可能性比另一种的大。或许曼联更有可能踢赢星期天的足球联赛，又或许种种迹象表明，明天更有可能是个好天。但这不是我们要讨论的问题。

此外，还存在另一类关于相信与否的问题，我们也暂且先将其搁置一边，因为我想到你最近提到的一个问题：所谓"大爆炸"，究竟是一个自发性事件，还是上帝造物的创举？你和我都无法给出一个确切的答案，因为这就是一个典型的信与不信的问题。对于将大爆炸视为上帝奇迹的看法，我个人表示尊重，只是"上帝"这个字眼或概念充斥着太多个人想象，所以我自己不会使用。在我看来，

三

还有一个同类型的问题值得你关注：我们的身体内是否拥有超越死亡存在的"灵魂"或"精神"？我并不觉得自己体内有什么东西能比我本人活得更久，但并不代表这种看法有悖于自然科学，它更像是一个处于灰色地带的命题。我不想用任何科学理由否定关于来世的信念，更不会劝你打消这种念头。

很好。但是呢？

但是，我不相信有任何超自然力量持续介入人类的生活，并且赐予我们什么"启示"。当时，我应该把这些话说得更清楚、更透彻一些才是。我之所以有那么强烈的反应，并非因为你突然相信来世的观点，而是你非要根据这一观点进行解读，将越橘女视为来世的启示。正如你之前指出的，越橘女事件是我们的共同经历。虽然，我也立刻联想到我们在山间湖畔的遭遇，但我并不相信她死在了那里，然后再从"另一个世界"回来见我们。

我明白了。你尽管说下去吧，斯泰因。现在，我首先想要试着全面、彻底地了解你的想法，等轮到我的时候，我保证会把自己的意思说得清清楚楚。所以你想说什么就说吧，我承受得住。

那我就接着往下说了：纵观整个人类历史，我不相信有任何神明或天使、灵魂或先祖、鬼怪或神兽曾经现身，或是以任何形式向某个人、某一民族昭示自己的存在。理由再简单不过：因为世界上根本没有那些东西。

现在我已经吃了五颗樱桃。我把樱桃核都放在了桌上，这样比较容易计数。

最近，这里流传着一则关于艾德杂货店的小道消息，说是这家创立于 1883 年的家族小店即将关门歇业。虽说附近的诺拉和于特里格兰也有杂货店，况且整座岛的常住居民总共也就二三百人，但失去岬角上的这家小店还是让我觉得很难过。当然，我们可以开车或骑车去诺拉买东西，可是像科尔格罗夫这样的小村落，一旦没有了自己的杂货店，恐怕将失去整体凝聚力。特别是冬天，游客都不会光顾，村落里只有居民。

你还记得，那年夏天，我们在岛上无数次的骑行吗？我知道答案是肯定的。每天傍晚，我们都要一路骑到南霍恩沃格公交车站，眺望大海和夕阳。骑回家的路上，每经过一座湖泊，我们都要跳进去游个泳。

你接着说好了，斯泰因。我不像你想的那么脆弱。你之前写道，你不相信任何超自然的力量……

既然你提出了这个问题，那不妨用我的伽利略望远镜来看一看。你能看得到吗？所有关于"超自然"现象的理念，纯粹只是人类的想象，一旦脱离了人本身，就会失去立足点。作为反馈，这些理念在人类身上获得了得以滋长的肥沃土壤。我认为起决定作用的有三

三

个因素：一是人类过于丰富的想象力；二是我们刻在骨子里的冲动，即使无迹可寻，也要试图找出隐藏的原因；三是我们与生俱来的渴望，想要在生命结束后获得全新的存在，即来生和转世。

事实证明，这种人类天性调和而成的鸡尾酒效力惊人。在每一个时代、每一个社会和每一种文化中，人类都孕育出对一系列超自然体（包括精灵、神明、怪兽、天使和魔鬼）的信仰。

天哪，我不得不说一句，你真是太自信了。

首先，我们来聊一聊人类丰富多彩的幻想。每个人都会做梦，因此任谁都无法完全避免出现幻觉，在某些特定的情况下，幻觉也会在清醒的状态下产生。我们自己以为看到和感觉到了某种现象，然而在现实中却缺乏基础。试想，有谁不曾这么问过自己：这段或那段记忆，究竟是我真正经历过的，还是只是我听说过、假设过、梦见过或想象过的内容？

我自己就曾遇到过一些人，他们言之凿凿，声称亲眼看见了"地精"。但我们的大脑无时无刻不在被各种感官印象填充，难免有时会进入过度负荷状态。我的意思是，大脑出现一些小故障并不奇怪，这种故障就是我们所谓的"错觉"或"幻觉"。

当我们把自己或他人的想象看作独立于我们自己或他人意识的客观存在时，就会使得感官出现错觉或幻觉的自然现象完全脱离认知轨道，被神化为信仰、真理。这让我联想到一系列奇谈怪论，从自然界的精灵到古代民族宗教中出现的各路神明，乃至世界各大宗教教派所展示的更高层次的或学术化的概念，它们不仅能创造万物，还能向地球上——也就是我们所在银河系星球上的人们——显灵。

不过在这里，我有必要对一个重要的细微差别进行补充说明。所有宗教都拥有一套伦理道德体系和丰富的人类经验，因此宗教本身就具备很大的价值。而且正如我之前所说，我无意驳斥或非议人类的信仰。只有一种情况会触及我的底线，那就是有人通过言论或文字，声称他们所信仰的神明已经和他们直接交流或以某种形式显灵，传达出某个特定信息，并且要求其他人遵循指示。在这个星球上，仍有无数人相信，神明和他们私下进行过交流，并且给予了明确的启示。更有无数人相信，全能的神明掌控了世界上发生的一切，大到海啸、核战争，小到蚊虫叮咬。

我这台笔记本电脑的电池恐怕很快要在这片开阔的海滨地带损耗殆尽了。电池的问题我会设法解决的。你继续写你的就是。反正眼看就要没电了，我也不可能和你进行长篇大论的探讨。可天气这么好，我又不想进屋。

你真的要我继续吗？

对，斯泰因，你先写，我再写。而且我希望你做好心理准备。对于我们当年的经历，或许我有义务来捅破那层窗户纸。你到底记得多少，其实我心里也没数。不过你先往下写就是。

三

你说你要捅破那层窗户纸，要说期待的话，肯定是骗人的。不过既然所有邮件都是第一时间被删除的，那我也接受你的条件，继续写下去。

到目前为止，我们只是浅尝辄止地讨论了一下在宗教中寻求答案的问题。但人类的本性不会改变，你知道我从来就不相信超心理学中关于"超自然现象""超感官现象"的空泛论调。在这里，我所指的不仅仅是维多利亚时代举行降灵会和灵魂召唤仪式的密室——那种对现实添油加醋的做法已经过时了。我联想到的，更多是关于心灵感应、超感视觉、念力和灵魂出窍这类活跃的现代理念。此外，包括天使和守护神这样古老的概念，在近些年来也重新焕发出旺盛的生命力。不过，这些想法都是建立在某种形式的启示信仰之上的，而与这些启示信仰息息相关的，是对于能够接触到某些超自然或超感官力量的执念。就在不久前，一项调查显示，38%的挪威人相信人类可以和天使进行交流。这一结果当然引发了不小的骚动。

在包括心灵感应、超感视觉在内的伪现象列表上，我还要加上一条：各种类型的预言。

预言同样建立在命中注定的前提之上，想要揭开注定命运的神秘面纱，往往能够借助特定的技巧实现，尤其是经由收入颇丰的神婆之手。我们现在所说其实是一整个产业，其交易额说不定和性产业不相上下。色情和神秘主义想必同样销路广泛，只不过前者过于奉行自然主义，而后者则笃信超自然现象。

就我的理解，"超心理学"能够实现的唯一一点，就是为我们勾勒出一幅并不存在的图景，一个虚构或想象的画面。但这并不表示所有关乎超心理学的文学作品都毫无价值。这些作品能够活灵活现地描述出人们的心理活动和思维构想，因此趣味盎然，就可读性而言，丝毫不亚于宗教史、民俗学和其他人文学科读物。神话故事同样有其存在的价值。而且我们都应该感谢斯诺里[①]，是他搜集了大量北欧和日耳曼古代神话，让它们不至于被人遗忘。

我想说的还有很多，但我很乐意听一听同步反馈和评论，所以趁着你的电池彻底"罢工"之前，我把目前的这些考虑先发给你。

***

我没收到你的任何回复，显然你的电池问题还没解决。这样的话，我就利用等待回信的空当继续进行一些阐述。

与超自然或超感官现象相关的一切概念，我都会全盘否定，与此同时，对于既定宗教中可能存在的类似看法，我也持怀疑态度。在我看来，它们相当于硬币的正反面。而且我更怀疑，一边是启示性宗教，另一边是由"超自然现象"衍生出的松散零乱的、非教条式的理论，对这两者进行原则性区分是否真的有必要。超心理学中关于"超自然现象"的奇闻异事已经泛滥成灾，与之形成鲜明对比

[①] 指斯诺里·斯蒂德吕松（1178 或 1179—1241），冰岛历史学家、政治家、诗人。

三

的是，在世界主要宗教中，类似的叙述已经落实为教条，以秩序井然、组织缜密的方式，在信仰神力干预的框架中长期存在。

"信仰"和"迷信"之间的界线如何划分？一个人的信仰就是另一个人的迷信——反之亦然。所以正义女神的天平才会有两只秤盘。

我看不出，宗教预言和不断推陈出新的占卜术之间存在何种差异。这些现象被称为"奇迹"或"念力"也好，"升天"或"悬浮"也罢，在我看来都是殊途同归。因为无论怎样，它们都违反了自然法则。

在极为罕见的情况下，"超自然力量"是会给予我们启示的，这种想法是民间信仰、超心理学和各大宗教的共通之处——和我们所谓的"自然法则"或"科学世界观"背道而驰。提到越橘女的时候，你使用了"现身"一词，其实和"启示"差不多是同一个意思。

你之前提到的超心理学研究的一个重要背景就是试着为来世的信仰找到科学依据。自从达尔文主义和自由思想对传统宗教造成冲击和威胁以来，这一做法就持续受到推动。关于你说的莱因博士夫妇，我也稍微做了些研究。包括他们两个在内，实验性超心理学先驱的主要愿望就是想要证明灵魂的永生。只要他们能够找到确凿的证据，证明心灵感应是一个真实存在的现象，那么捍卫人类拥有不灭灵魂的信仰应该比较容易。相信灵魂不灭，也就是相信"自由的"灵魂只是暂居于大脑之中，和大脑之间的联系并非不可分割。但迄今为止，人们仍然没有找到无可辩驳的证据。

我又发了一封邮件。你收到了吗？

收到了！我在工具间里找到一根旧的电源延长线，现在已经连上了屋内的电源。有了这根长长的红色延长线，我的笔记本电脑仿佛成为岛上电力系统的一颗卫星。目前来说，它和房子以及外部世界有着物理上的连接，但这种联系"并非不可分割"。

我们刚刚在家里设置好无线网络，小花园也在覆盖范围之内。所以我坐在这里，不需要网线就能和全世界沟通。

你不妨来想象一下，能够建立起这种无线网络的，不只有人类……

你想到了心灵感应？

坐在这里的时候，我想到了很多。但我还是想先让你一吐为快，正好也给我个理由慢慢消化。所以你先说你的看法好了，我可能会插两句话，提几个问题。等轮到我的时候，我也会把自己的想法和盘托出。

完全没问题。至于最后一句话，你可要说到做到啊。因为我也想要理解你的想法。

对了，关于当初到底经历了什么，我可能会补充很多细节。因为那次的遭遇和我今天的宗教信仰是分不开的。有些部分你大概都

三

忘了,我指的是一些关键点,可我没有——要知道,我的记性向来很好。

这不就是我们最终要谈到的话题吗?我是指,如果你已经想好了,确定要这么做,那么当然没问题。毕竟当初我们向对方保证过——永远不要旧事重提。

走一步看一步吧。这也是一个逐渐变化的过程。

我找出那根延长线,把它拉进花园里的时候,英格丽瞪大了眼睛,脱口而出:"你不是在休假吗?"她肯定以为我在处理教研室的杂事,或是为下学期的法语课准备教案,对了,今年我还会教几个学时的意大利语。反正还有不到一个星期就要开学了,她的假设也都合情合理。

不过刚才,尼尔斯·佩特和尤纳斯钓鱼回来了。尼尔斯·佩特看了看我,又看了看电源延长线,眼神里有藏不住的焦虑,然后他走过来,摸了摸我的后颈,顺便拿了几颗樱桃。他故意没有低头,避免目光扫到我的电脑屏幕,不过阳光太刺眼,就算真想看也看不清。我估计他已经猜到了,我在给某个人发邮件,而且我怀疑,他已经猜到那个人就是你。至于我自己,邮件是写给谁的,里面都写了些什么,我感觉说不出口;而他似乎也问不出口。

诺德贝格那边有什么新情况吗?阳光房里要是再没动静的话,

恐怕你就要从我的视野里消失了。

从早上开始，我差不多就坐在电脑前，写邮件，等回复，再读邮件。每次我按下发送键后，总是能在第一时间收到你的回复。老实说，我刚才站起来走到角柜那边，给自己倒了杯苹果白兰地。手头的这杯意式浓缩咖啡实在不够味。

别再去角柜那边晃悠了，斯泰因。还是继续写你的吧。你之前提到超心理学和超自然……

对，我们之前是说到这儿。

美国著名魔术师詹姆斯·兰迪曾悬赏一百万美元，只要谁能够率先在适当观测条件下，展示出任何通灵、超自然或特异功能客观存在的证据，就可以领走这笔奖金。这一项目被称为"百万美元超自然挑战"。1964年，兰迪宣布自掏腰包，用自己的一千美元付给第一个展示出超自然客观证据的人。这一举动受到广泛支持和赞助，到目前为止，奖金数额已经增涨到一百万美元，可是仍然没有人能够通过考验。

你当然可以反驳说，那些具有通灵或超自然能力的人，并不一定是见钱眼开的贪财鬼。可是有成千上万财迷心窍的人，在粗制滥造的报纸专栏和廉价低劣的电视节目上招摇撞骗，就没有一个报名参加百万美元超自然挑战，轻轻松松地从兰迪手里赚走这笔巨款。这又是为什么呢？答案显而易见：因为没有人具备"通灵"或"超

三

自然"的能力。

据说，百万美元超自然挑战的大多数参与者——而且人数相当可观——都不是超自然行业里的职业选手。由于兰迪已经对整个行业构成了毁灭性的威胁，超自然团体像躲避瘟疫一样防着他。（当然了，兰迪永远不会成功，因为世人都是甘心受骗的！）

若干年前，在黄金电视节目《赖利·金现场》中，美国的知名灵媒苏菲亚·布朗曾和兰迪上演过针锋相对的一幕。兰迪要求布朗在监控下展示自己通灵的天赋，布朗也在电视镜头前答应接受测试。一晃好多年过去了，布朗仍然没有履行承诺。有一次，她为自己提出的辩护理由是：我不知道怎么能联系得上他。这借口，听了让人大跌眼镜。她宣称自己具有通灵的能力，却没法从黄页中找到一个电话号码！

大多数报名参加百万美元超自然挑战的人，都是不够理性、容易被煽动和欺骗的人。为了避免挑战者面临危险，兰迪必须不断采取更严格的规定。比如，有人宣称自己可以从十楼飞身跃下，保证毫发无损。兰迪断然拒绝了他尝试的请求。

其实百万美元超自然挑战根本就是多此一举，如果一个人真的具有通灵能力或超自然能力，绝对有大把发财的机会。除了我之前提到的轮盘的例子外还有很多，其规则设置能够让拥有超自然能力的人大发横财。可我还从没听说过，某个扑克玩家因为"灵媒"的身份就被逐出牌局。"老千"才是人们提防的对象。

超自然能力和欺诈蒙骗，自古以来就是并驾齐驱的一对。从人

比利牛斯山的城堡

类出现的那一刻起，它们就已经存在。

至于詹姆斯·兰迪的百万美元奖金，至今分文未动。[1]

对于很多人来说，"超自然现象"的终极体现，就是有意义的巧合，或"不期而遇"的经验。也就是卡尔·古斯塔夫·荣格所说的"同步性"[2]。谈到峡湾分支的那次重逢时，我们已经讨论过这个问题。有过类似体验的人绝不仅仅是你我而已。就好比说，关于某个人的记忆在你脑海中尘封了几十年，现在突然冒出来了。然后你转过一个街角，这个人赫然出现在你的面前。在很多人看来，这种巧合是超自然时空的确切证明。而且很显然，在这种巧合发生后的几秒内，当事者感到眩晕或无助，其实也不足为奇。

正如我们在之前几封邮件里讨论过的，在我看来，荣格所谓的"同步性"纯粹只是巧合罢了。

你总是那么自信和笃定。可是，一切"已经存在"和一切"正在发生"的事情，都可能无法用科学的方法进行检验。如果这个世界的科学只能验证这个世界的事情，那我丝毫都不觉得奇怪。

你为什么就不能让每个人相信他或她想要相信的东西呢？不是有句话说"与人方便，与己方便"吗？

---

[1] 该挑战于2015年正式终止，无人成功获得奖金。——编者注
[2] 也叫共时性，指两个或多个毫无因果的事件同时发生，其间似隐含某种联系的现象。

三

当然，每个人都有信仰的自由。但如果有人坚称，他们从某种超凡力量的启示中获知了真理，那我们就有理由另眼相待。你也知道这种事情有多常见：某一个人或某一群人声称受到了上帝的召唤，接受了某种使命——攻击性的也好，慈善性的也罢。还有一些人非说自己听见了"声音"，并因此接受专业的心理治疗。

纵观历史，个人和群体都会利用"神迹"或"异象"的说法，在维持和巩固自身地位和特权的同时，煽动压迫和非人道措施的实施。诚然，宗教能够激发人们的恻隐之心，驱动虔诚、无私和慈善的行为，但历史事件和新闻报道也都表明，宗教信仰遭到滥用的情况并非个例。自古以来，打着神明、总主教、先知的幌子所犯下的暴行就和人类历史如影随形。

虽然耶稣曾阻止一帮男人用石头砸死一个犯通奸罪的女子，但石刑的做法至今仍然存在，而且在世界上的某些国家，强奸犯可以逍遥法外，被强暴的女子却会被判处石刑，悲惨地结束生命。

就在不久前，某个阿拉伯国家的男子遭到处决，其中一条理由是，他企图通过巫术蛊惑一对夫妇离婚。就在同一个国家，一个女人被判斩首，因为她施展魔法导致一个男人阳痿。当然了，让别人阳痿的确是不道德的做法。不过在这种情况下，我们完全可以对"巫术"或"魔法"的概念进行驳斥，否认它们的真实性。邪恶固然是存在的，但我认为重要的是强调一点：人类所犯下的罪行都是人类自身所为，始作俑者并非魔鬼或恶灵。

如果我们将眼光稍微放远一些，就会发现，人世间仍然充斥着大量的迷信，对于巫术、与先祖或亡灵的对话，以及各种各样的所谓"超自然现象",很多人依然深信不疑。在非洲、亚洲和拉丁美洲的部分地区,人们执着地相信巫术、黑魔法和先祖能够影响个人行为,这种深入人心的观念因此主宰了千百万人的生活。在欧洲和美国,也有相当大的一部分人声称鬼魂是存在的,此外,他们也相信一些更为"文明"的现象:心灵感应、超感视觉、预知未来,等等。

我曾写过,不仅宗教信仰会遭到滥用,就连酷刑和暴力都可以从宗教范式中追根溯源。从某种程度上说,针对某些敌人、异教徒或整个族群的狂热激愤,神明榜样的力量起到了推波助澜的作用。对于遍布世界各个角落的原教旨主义者而言,古代圣典和启示录内记载的一切内容都能够成为规范。我们之所以需要对宗教进行持续性批判,原因就在于此。在世界上大多数国家里,批判宗教已经不再会对生命造成直接威胁,但仍有例外。而这些例外的存在,使得对宗教的批判越发重要。

***

你在吗,索尔伦?

我在,斯泰因。让我先消化一下再回答。稍等。

我等你。

三

我同意你说的最后一点,我也很愿意接受你对教条主义和原教旨主义的批判。虽然我在《圣经·新约》中读到了很多令人愉悦和惊叹的段落,但我并不认为,《圣经》的每一个字都出自上帝之口。对我而言,核心问题在于,对基督复活的信仰。

就在刚才,尼尔斯·佩特又爬上铝梯,给窗框刷了第三层油漆!现在,他又摘覆盆子去了。我感觉,就因为我坐在这儿写东西,他才会在花园里忙来忙去。有一次他还问我,到底在写些什么。我没有隐瞒。我说:"我刚给斯泰因发了一封电子邮件。"

你还有什么想说的吗?还是说,你对宗教的批判已经告一段落?你的确已经说了不少,会不会觉得够了?

我还剩最后一点要说。

那就说吧,斯泰因!反正我们的邮件也不会被审查。

很多启示信仰都建立在一个概念的基础上,那就是现世的生命仅仅是通往天国途中的驿站。那意思就是,来世才是更宏大、更真实的存在,相比之下,现世和当下显得不那么重要。

身为一名气候科学家,我总是不厌其烦地提醒人们,我们所能依靠的只有这一颗星球。但很多人的想法却是:从长远来看,关心爱护地球和地球上的物质生活环境或许并不那么重要,反正上帝的审判和信徒的救赎即将到来。按照这个思路，我们在地球上的存在很容易被视为一个过渡阶段，甚至有一些信众群体期待着生物圈的崩溃，将此视为末世降临和耶稣再临的先兆。这一点在《圣经》中也有提及！

美国有线电视新闻网的一份民意调查结果显示，59%的美国人相信《启示录》里的预言必然成真，而审判日的来临，将和异想天开的启示方式完全一致。不仅如此，为了加快耶稣再临的进度，很多传教士和牧师都乐于为国际冲突煽风点火。秉承末世论的基督徒甚至对白宫产生了相当的影响力，他们就像鼹鼠一样，总在美国总统大选时钻出地面。

你知道，我并不畏惧世界末日的预言，相信你也一样。但那种所谓"自我实现"的预言却足以让我不寒而栗。因为以后，新天新地或许不会出现，"审判日"或许不会到来，信徒或许永远得不到救赎。这颗星球或许就是我们所拥有的一切，是我们唯一的家园和唯一的归宿。我们最重要的任务就是对这颗星球负责，保护和维系它的生物多样性。

是的，斯泰因。我们必须照顾好这颗星球。可我觉得，你应该冷静一些，不必简单粗暴地将环境恶化的责任归咎于信徒。我愿意相信，相比于那些什么都不信的人，我们这些有信仰的人往往更尊重自然。你难道没意识到，世界上大多数的盲目、过度消费，其实是最原始的唯物主义的体现吗？要我说，这和精神导向完全背道而驰。如今，人们正想尽一切办法减少温室气体的排放。唯一没人敢

三

提的一个方案,就是我们是否有可能减少高消费。我说的高消费,指的是有史以来最粗劣和糟糕的滥买、滥用和滥弃。我们所生活的这一历史时代,或许会被子孙后辈称为"消费法西斯主义时代",而我非常确定,这个时代的消费意识形态,在很大程度上会被解释为宗教的替代品。

你说得也许有道理,我也很乐意做出让步。我当然没有证据表明,相比于不相信来世的人,相信来世的人反而更不愿意承担对地球的责任。但我有必要提醒人们:不要沉溺于"天地都会消失"的迷思,不要指望救赎信徒的新世界会出现。

至少在我这里,恐怕很快就会切换到其他场景。我估计,其他人对我今天的自我孤立行为早就忍无可忍。而且我必须承认,这种自我孤立方式已经接近张扬的程度。或许,从屋里拉一根长长的电源延长线出来,一直连到花园的桌上,这种做法的确太过离谱。这是我们全家海滨度假的最后一天,而你和我已经在电脑前坐了六个多小时。就我这里的情形,我只是偶尔起身了几次,拎着一只巨大的水壶沿着花坛走了几步,花园桌子上笔记本电脑的提示音一响,我就放下水壶,急匆匆赶回屏幕前的小天地。尼尔斯·佩特的眉头一直皱着,经过我身边时,他都懒得看我了。

我已经把电源延长线卷起来,放回了工具间。电池已经充满电了,碗里空空的,樱桃一颗都不剩。

鉴于其他人的不满,我总得有所表示。所以我已经宣布,今晚的鳕鱼大餐由我全权负责。今天上午,父子俩带了三条肥美的鳕鱼回来,我都还没好好瞧过一眼呢——我指的是鳕鱼。至于那瓶勃艮第葡萄酒的事,全家估计只有我一个人知道。希望今天,它能成为我的一张王牌,或者更准确地说,充当我的赎罪券。那瓶酒被我藏在了橱柜的抽屉里,上面还盖了好几层亚麻布。当时考虑到最后一晚可能会吃鳕鱼大餐,所以我提前做好了准备。

他们父子俩总会在最后一天出去钓鱼,就算保冷袋质量再好,我也不想把冰鲜的鱼带回家。卑尔根人可不会把刚捕捞上来的鱼装进保冷袋,在西挪威开上一路。我们宁愿去鱼市场买活的鳕鱼。

我还想到一件事。关于气候大会的情况,你能稍微说两句吗?

我准备往蒸鱼锅里倒上水,挑几个本地产的土豆削皮,拌一份沙拉,布置好餐桌,再回来读邮件。不过今天,我应该不会再回邮件了。

可以吗?

你离开以后,我在峡湾旁边的草地上来来回回走了很久,然后回到房间冲了个澡,紧接着下楼来到旅馆大堂。我找到米克尔咖啡馆,和其他嘉宾问候寒暄,然后主持了一场关于冰川融化、气候变

三

迁和极地研究的小型研讨会。我们喝了白葡萄酒，听了一场颇有意思的介绍——关于当地村庄、旅馆以及冰川旅游的历史，然后落座用餐。我被安排在了贵宾席，略微有些受宠若惊。

用完晚餐，我本打算点一杯苹果白兰地。那段时间我一直在想你，确切地说，在想我们，还有我们的诺曼底自驾之旅。可现在，他们再也不卖苹果白兰地了。感觉就像在做梦一样，就好像他们的酒窖里从来就没有过苹果白兰地。我会不会记错了？如果对于苹果白兰地的印象来自我的错误记忆，那么我该如何相信脑海中浮现的历历往事呢？于是我婉拒了旅馆赠送的白兰地——想必那位年轻的女服务生从小道消息听说，我次日午餐前将会致辞——自己付钱，点了半升啤酒和一小杯伏特加。

旅馆大堂里人声嘈杂，于是我早早就回房躺下，几乎一挨枕头就睡了过去。不仅喝了啤酒和伏特加，我还和你在旅馆里意外重逢，徒步前往山间的牧羊人小屋，并且再次经过那片白桦树林。

第二天一早，我就被海鸥的叫声吵醒，干脆下楼去吃早饭。餐厅刚刚开门。那天早晨，我也端着咖啡走到外面的露台，可你已经离开。我只能独自一人坐在晨光之中，聆听着欧洲山毛榉的叶片在风中窸窣作响。海鸥在咖啡馆和旧的汽船码头上空盘旋、鸣叫。一个绿衣人坐着划艇，在峡湾中垂钓。

我内心的某个角落突然响起一个小小的声音，对这种过于理想化的晨间风景提出抗议。

比利牛斯山的城堡

过了一两个小时，主办方派车接我们前往冰川博物馆。科学估测模型指出，如果气候变化无法得到有效控制，几十年后，峡湾的水位会上升到怎样的高度。我不由得心生疑窦：冰川不断冲刷下的大量沉积物，正导致三角洲朝着峡湾分支方向持续延伸和扩大，这一点他们可曾考虑在内？毕竟，一千年前维京人的港口，如今已经能够种植土豆了！

进入气候大会的展览大厅后，我们被分成几个小组，首先穿过了一间较小的展室，在震耳欲聋的轰鸣声中体验了四十六亿年前地球诞生时的情况。下一间展室则向我们展示出四千万年前地球的生物形态，以及最后一次冰河期对地球表面造成了怎样的影响。第三间展室解释了温室效应的运作方式，告诉大家，如果完全没有温室效应的话，我们这颗星球上的环境就会变得不适宜人类居住。但紧接着我们又得知，人为温室效应对碳中和造成了严重的破坏。进入第四间展室后，我们了解到，如果现在不采取严厉措施减少温室气体的排放，2040年和2100年的地球会变成什么样子。这并不是一次令人愉快的参观之旅。好在展室内做出了另一种假设，如果全世界的人类能够齐心协力，采取积极行动减少温室气体的排放，并且停止对森林和热带雨林的乱砍滥伐，这颗星球仍有恢复原状的可能。我们同样看到了在这种情况下，地球在2040年和2100年的样貌。最后一间展室里，放映着地球动植物栖息地的精彩幻灯片，由英国生物学家大卫·爱登堡进行解说。在关于动植物的一系列绝美幻灯片放映完毕后，他用英语总结道："……我们仍有时间采取行动，做出改变，保护这颗星球上的生命。地球，是我们唯一的家园……"

三

盛大的开幕式结束后,我们坐上几辆大巴,一同驶往舒普赫勒冰川①,参加在那里举办的露天招待酒会,享用起泡酒、草莓和各式小点心。我们在冰川博物馆参观期间,旅馆工作人员就已经将一切布置妥当。酒会开始后不久,那位热情的旅馆女主人就又看见了我。估计她之前忙了整整一天,而且早就知道,我是为了参加气候大会的开幕式才住店的。几小时后,我又要回到旅馆,赶在午餐前简短致辞。

她走了过来,带着一脸温暖热情的笑容,主动问起你的情况。

"你太太呢?"她是这么问的。

我实在不忍心让她失望,索尔伦,我办不到。所以我含混地说,我们卑尔根的家里突然有急事,所以你匆匆离开了菲耶兰。

"孩子的事?"她问。

"不是,是一个老阿姨的事。"我撒了个谎。

她站在那里沉思了一两秒,大概是把握不准打听私事的分寸,然后她问:"你们有小孩吗?"

我该怎么说?我已经连撒了好几个谎,现在总不能改口说,我们已经有三十多年没见面,这次纯粹是凑巧在你的旅馆里碰到了。我只能尽量含糊其词地敷衍过去。

"两个。"我边说边点了点头。考虑到你有两个,我也有两个,所以这么说倒也不是很离谱。

---

① 位于约斯特谷冰原国家公园内。

比利牛斯山的城堡

可她并没有就此打住，总想要了解更多关于我们孩子的情况，我也不知道为什么。反正我的话题就没离开过卑尔根，而且只字未提我自己的两个女儿，倒是简单说了说十九岁的英格丽和十六岁的尤纳斯的情况——虽然这些都是前一天和你重逢时我才了解到的信息。就这样，为了圆一个谎，我就只能编造新的谎言。所以不是有人说吗，撒谎的人必须有个好记性。总而言之，我假装成是你的丈夫。

她应该在心里快速地算了下时间，因为她问了一句："是吗？那你们要孩子挺晚的啊。"

我心想：难不成你指望我们承认，当我们还是一对年轻小情侣的时候，就已经在蒙达尔旅馆"造人"成功了？

我撇开话头，指着冰川说："当年，它可比现在大多了。"

她点点头，微微一笑，也不知在笑什么。她说："能够再见到你们两个，真好。"

各种念头在我的脑海里不停打转，大多是关于我们分开后各自的生活的。但我也想起了雷夫斯内斯的渡轮码头、莱康厄尔的警车，以及蒙达尔山谷的白桦树林。

我又朝着冰川的方向点了点头。

"我更担心喜马拉雅山冰川，"我回到刚才的话题，"那里的冰川要为数亿人提供水源，因为不断衰退，已经形成了数千个冰川湖。"

为了逃避更多的问题，我接过她续满的酒杯，转过身去，沿着蓝绿色的冰河往前走去。我一边走一边想起那本书，就是你拿进旅馆房间，后来带回奥斯陆的那一本。在见到越橘女后，这本书成为

三

悬在我俩之间的一把利剑。如果没有碰巧发现那本书的话，说不定我俩今天还会生活在一起。你说呢？

关于越橘女的问题，我们当然是可以探讨的。只不过短短几天内，它被置身在了一个更宏大的叙事背景之中。

我有太多话想说，斯泰因，可我必须关机了。今天先到这里吧。等回到卑尔根之后，我会再和你联系。

四

我已经回到位于斯康森的家里,正坐在窗前的书桌边,眺望卑尔根的街景。外面天气好极了,已经开始透出秋高气爽的味道。这还是我今年第一次注意到飘落的黄叶,而且白昼越来越短了。

我现在坐的地方,是我少女时代的闺房。英格丽在三岁的时候住进了这个房间,直到几个月前,她搬到莫伦普里斯[①]的女生宿舍后,这个房间又归我所有了。我第一时间装修了它,把整间的旧墙纸全部撕掉,把墙壁涂成奶黄色,又给地板抛了光、打了蜡。这样一来,我把这个房间变成了自己的小天地,并把它当作书房。不过,尼尔斯·佩特完完全全把它当作我的房间,就这点来说,他表现得很大方。

英格丽太贴心了。搬家的那天,她带了一个朋友过来,把最后几箱衣服和衣架拿走后,突然给了我一个热情的拥抱,感谢我出借

---

① 卑尔根的一个街区。

四

房间的慷慨之举。她感谢我从她三岁起,就让她住在那个房间里!她一直都知道,那是属于我的房间,无论是在孩提时代,还是长大成人后,我都是那个房间真正的主人。

我这辈子,不住这间公寓的时间只有五年。

分手的那天下午,我是哭着登上特快列车的。你觉得我在海于加斯特尔还能做什么?列车抵达芬瑟之前,列车长一直坐在我身边安慰我。我一句话没说,他也一句话没问,只是不停地安慰我。停靠在米达尔站后,他下了车,站在月台上挥了挥小绿旗,然后又坐了回来。他见我还是哭个不停,便递给我一杯茶,不是那种小推车上贩卖的、装在一次性纸杯里的茶,而是一杯真正的茶。我勉强抬起头,冲他挤出一个微笑,然后艰难地吐出了一句"太谢谢了"。可关于石器时代的事情,我实在说不出口。

我只想回家,回到爸爸妈妈身边。这是我唯一能够确定的事。我没有事先打电话通知他们,我脑子里想的就是如何尽快走进家门,其他事情一概考虑不了。至于进门时是个什么模样,我也管不了那么多了,他们也只有接受的份儿。

我又住回我的闺房。几年后我遇到尼尔斯·佩特的时候,爸爸妈妈已经开始修缮和重建外婆那幢位于峡湾入海口的外叙拉岛上的老房子了。按照爸爸自己的说法,他已经开始"放慢节奏"。后来,他卖掉了自己的事务所,实现了财务自由。他和我开玩笑说:"你知道吧,索尔伦,卑尔根没什么不好的。但是死在这里的话,感觉有点凄凉。"

他们后来在科尔格罗夫住了二十多年，从某种程度上说，我爸爸倒是很有先见之明。他是三年前去世的，据说他手里拿着一杯白兰地，坐在安乐椅里，毫无征兆地一睡不起。装白兰地的酒杯是祖传的，在他辞世四分之一秒后掉在地上，摔得粉碎。我之前和你说过，我妈妈在去年冬天去世了。我坐在她身边，握着她的手，陪她走完了最后一程。这个世界上，她只有我这么一个亲人了。

想当年，我去奥斯陆上大学的时候，和今天的英格丽是一样的年纪。想起来真是有意思。我们都曾那么年轻！

从我抵达奥斯陆中央车站到我们相遇的那一刻，算来不过短短几周而已。那天，我去新堡①听一场哲学讲座，活动结束后你过来借火。或许抽烟只是一个借口。但从那时起，我们就变得形影不离。到了十月，我俩就搬进了克林舍的小公寓。布林登校区的其他同学有时会流露出羡慕嫉妒的神情。我们有种自成天地的感觉。那时我们多么幸福！

坐在火车上的时候，我的眼泪止都止不住。我一路哭着回到了卑尔根。我不明白。我不明白我们的想法为何有如此大的分歧。我也不明白，我们为何就不能继续走下去。我们又不是世界上第一对信仰不同的情侣。难道说，一个虔诚的信徒和一个无神论者不可能

---

① 挪威奥斯陆的一幢建筑，位于奥斯陆大学布林登校区南部，是挪威学生联盟所在地，内设咖啡馆、酒吧和各种学生活动设施。

四

结为夫妻,生活在同一屋檐下?

你是多么痛恨那些书啊,斯泰因,尤其是那一本。你是那么鄙视它,连带着鄙视阅读那本书的我。还是说,你纯粹只是嫉妒?五年里,你一直占据着我所有的注意力。除了关于你和我们的事,我的脑海里再没有别的想法。但自从我们遇见了越橘女,自从我开始阅读那本从旅馆带回家的书,我对来世产生了越发执着的信念。你就不能让我保有这份信仰吗?

你究竟是谁?我是说,今天的你,究竟变成了怎样的一个人?我问过你的观点和看法,你进行了长篇大论的科学论述,和你的工作完美契合。你当然算不上异见人士,你甚至提到了诸如兽孔目和南方古猿之类的专有名词。后来我又问你,你相信什么,而你给出的回答,是一长串你不相信的事物列表。可我不会就此罢休,斯泰因,你知道我有多固执。我想带你一起回到当初我们共同出发的起点。在剖析我所秉承的信仰之前,我想带你找回我俩当年那种令人心醉神往的生活热情——即便这种热情无法点燃任何希望的火花。我想问你,斯泰因,世界是什么?人类是什么?我们作为拥有心灵、思想和精神的意识粒子,沉浮其中的星际冒险又是什么?你能从我们这样的灵魂身上,瞥见哪怕一丝希望吗?

我回来了!

你写到当初只身回到卑尔根家里的旅程,读来让人心酸。

还有,你指出的最后一点可谓一针见血。到目前为止,对于你提出的宏大问题，我都给出了自认为合理的答案。想必你已经发现，由于职业的关系，长年累月的学术科研，导致我已经过于学究气。但无论如何，我们都应该坚持事实。我们诚然可以提出各种假设和理论，但它们也必须建立在我们已知信息的基础之上。

说不定是"信仰"这个词让我分了心。它不属于我的字典。在我看来，谈论直觉会比较容易。我从直觉中获得的信息，远多于我所相信的内容。在涉及意识这个问题的时候，或许尤其如此。

那就写出来吧，斯泰因。我也认为"直觉"这个词不错。比如，你可以告诉我，重逢前一晚你究竟梦见了什么。你不是说，那是一个关于宇宙的梦吗？

是的。而且我至今记忆犹新，仿佛真的经历了梦境中的一切。不，我真的就在那艘宇宙飞船里……

可以说给我听听吗？

话说回来，我做梦的那一天——也就是遇见你的前一天，那一整天的经历都让人刻骨铭心。虽然我只是搭乘巴士和渡轮穿越如画的风景，可我实在无法把那天本身和梦境分割开来。所以，我恐怕必须从那一天开始说起。

我不在乎你从哪里开始说起，只要你别忘了提到那场梦就行。

四

对了,你愿意说多久就说多久好了,我要回邮件的话,只能等到明天晚上了。出于各种各样的理由吧。其中一个就是,只要尼尔斯·佩特在家,我就没法随心所欲地打出自己想说的内容。倒不是说他对此容忍不了,可一想到他坐在那儿听我噼里啪啦地敲键盘,我心里就觉得别扭。我自己也不喜欢坐着听别人打字。那种感觉就好比是,坐在巴士或出租车上,或是在努尔马卡①的一条小径中散步时,听着其他人大声讲电话。不仅尴尬,而且还手足无措。还有,明天学校要召开教师研讨会。说实话,我还挺期待的。一切总算能回归正轨了。

太好了,正合我意。复述起来也的确需要相当长的时间。邮件什么时候能发出去,我也说不好。

别着急,慢慢写就是。我就在这儿,斯泰因。

我听见他在清嗓子了,我就不多写了。我应该会先喝杯红酒再去睡觉。照我们家的说法就是:睡前来一杯。

他今年第一次给壁炉生了火。暖暖的,真舒服。

---

① 挪威奥斯陆北部的地区,森林分布密集,适宜徒步。

五

那是2007年7月17日，一个星期二。黎明时分，我被一阵猛烈的雷声惊醒。天色阴沉沉的，铅灰色的乌云笼罩着整个奥斯陆。我的计划是坐火车到古尔，然后搭乘前往莱达尔和菲耶兰方向的巴士。旅程总计九个小时左右。一个人的话，我向来不喜欢自己开车，而是宁愿选择公共交通工具，这样一来，我就可以彻底放松，要么坐着读读书，要么放空大脑，什么都不想。

那天早上，贝丽特开车送我去吕沙克尔站，顺路把洗干净的衣服带给她父亲。开往卑尔根的火车早上8点21分进站，所以我在月台上等了几分钟。那是一个无比阴沉的夏日清晨，云层中隐约传来轰隆隆的雷鸣。虽然没下雨，但煤灰色的乌云密密匝匝，让人仿佛置身黑夜一般。就这个季节来说，当时早就该是大白天了，我却能清楚地看见划过天幕的每一道闪电。开往卑尔根的火车缓缓驶入站台，我上了车，找到自己的位置——每次我都会预订靠窗的座位。这一次我坐在五号车厢的三十号座位。

火车很快到达了德拉门，沿着德拉门水系的方向一路向北，朝

五

着维克松和赫讷福斯的方向驶去。云层依然压得很低,大部分树梢都隐没在浓雾之中,但云层下面两三米的地方能见度很高。德拉门河正处于高水位,连带着蒂里湖①周围也开始泛滥,湖水漫过了树干,甚至淹没了部分桥墩。这种情况在今年夏天发生过好几次。很多农民认为,这是一个灾年,挪威大部分地区都出现了洪涝现象,其中德拉门水系流域最为严重,并且导致了大量农作物的损失。

我不知道这是否和气候变化有关,但打从第一刻起,我就陷入了深深的思考。突然间,我感到一种比平时更强烈的警觉,整个人从未有过地清醒。坐在火车的黄色车厢内,在烟雾缥缈的风景中飞驰而过时,我无比清楚地意识到自己的存在。我问我自己:意识是什么?记忆和反思是什么?所谓"记住"或"遗忘"又是什么?像这样坐着沉思,思考何谓思考,究竟意味着什么?最重要的,意识是宇宙性的巧合吗?此时此刻,宇宙对于自身以及自身发展具有意识,纯粹出于偶然吗?还是说,意识才是宇宙的本质特征?

对于这个最基本且并不会产生任何歧义的问题,我曾经反复思考过多次,甚至还向生物学家和天体物理学家请教过。他们的第一反应往往是回避躲闪或是欲言又止,几乎替我感到尴尬。在很多人看来,这个问题竟然出自一名自然科学家之口,简直是天真到无可救药。如果我将问题重复一遍,并且强调只需要直觉的反馈时,对

---

① 奥斯陆西北约40千米处的一座湖泊,面积约137平方千米。

方通常会给出肯定的答复。他们会笃定地说:"对,意识这种现象不过只是宇宙性的巧合而已。"

宇宙中并不存在意图、目的或本质,这已经成为大众默认的先决条件。生命之所以起源于宇宙,而生物圈之所以进化出你所说的"拥有心灵、思想和精神的意识粒子",纯粹只是出于意外。正如法国生物学家、诺贝尔奖得主雅克·莫诺所说:"宇宙没有孕育生命。生物圈也没有孕育人类。人类是数不清的偶然事件的产物,是蒙特卡罗大赌场赌局里中签得彩的一个号码。"

莫诺拒绝承认生命是一种重要或必要的宇宙现象,对此,他做出如下阐述:"我想指出的是,生物圈并不包含可预知的物体或现象,它只是构成了一个特殊事件,虽然确实符合初始目的性原则,却无法从这些原则中推导产生。因此从本质上说,生物圈是不可预知的。"

这是一种行之有效的论述方式,乍看之下,莫诺的理论似乎无可挑剔——尽管事实上,我们很难找到实例来佐证其正确性。这种情况下,"不可预知"的意思是,由于我们所讨论的现象过于独特,从而具有局限性,因此几乎游走于物理规律的边缘地带。

但莫诺的观点并不代表我的立场。自从我们一起生活以来,我始终有一种直觉,即生命和意识的孕育恰恰是宇宙的本质特征。如此看来,在我心中或许仍住着一位异见人士,就算不是世界公民,至少也是数学与自然科学学院的一名研究人员。我所接触的天文学

五

家、物理学家和生物学家,大多数都坚持相反的观点:无论是生命还是意识,都无法作为"基本"或"必要"的产物,溯源无生命存在的原始大自然。

根据当代的自然科学认知模式,相比于生命和意识,原子和次原子粒子、恒星和星系、暗物质和黑洞这些概念,反而更能体现出宇宙的本质。依照还原论的哲学思想,生命和意识纯粹代表随机、偶然,以及大自然"非物质"的一面。换言之,恒星和行星是宇宙大爆炸的必然结果,大爆炸之后出现的生命和意识则纯粹出于巧合,可视作一场宏大的偶发事件、宇宙的一种异常现象。

火车驶入赫讷福斯站台时,我仍然沉浸在自己的思考之中。车厢门上方的小显示屏打出"赫讷福斯,海拔 96 米"的字样。两名乘客走出车厢,站在月台上抽起烟来。

雨点虽然还没落下来,但大地上方低悬的天空已经显露出随时迸裂的架势。随着发车的哨声响起,火车继续向前行驶。一侧是黄绿相间的原野,另一侧是森林葱郁的山丘。黑色的乌云笼罩在云杉顶端,翻滚着,涌动着。

我试着追忆一切的开始。我试着回顾宇宙的历史。

大爆炸之后的几微秒内,夸克构成质子和中子,接着形成氢原子核和氦原子核。直到几十万年之后,具有电子壳层的完整原子才开始出现,而且几乎都是氢原子和氦原子。这些质量较重的原子很可能是在恒星形成的最初阶段被"锻造"或"熔炼"出来的,而后才在宇宙之中进行"施肥"。对,施肥——这个字眼显然带有我自己浓重的偏好色彩,毕竟,直到有了质量更重的原子,我们才得以接近生命的土壤以及属于我们的花园。这些原子成就了我们,也成就了我们生活的这颗星球。

就质量和结合力而言,"我们的"原子其实并不独特。构成我们的原子在宇宙中随处可见。可以说,它们对宇宙性质起到了核心作用。此外,就在不久前,粒子物理学成功地为我们勾勒出宇宙最初几分钟的模样,并且能够精确地解释,为何原子必然会形成我们称为"分子"的化合物。

我们说的"大分子",是一种比较复杂且在宇宙中较为罕见的生物学物质,它和生命活动的关系极为密切。对我们这颗星球上的所有生命而言,生命存在的基础除了作为大分子的蛋白质外,还有能够实现自我复制的核酸,比如脱氧核糖核酸(DNA)和核糖核酸(RNA),它们不仅能够控制蛋白质的结构,还存在于一切有机体的遗传物质中。总体而言,地球上的所有生命都由有机分子构成,属于碳基生物,而且能量(阳光)和液态水也起了重要作用。

四十多亿年前的地球上,生命的大分子究竟是如何形成的,如今已经不再是一个巨大的未解之谜。尽管仍有许多小的谜题悬而未决,但生物化学已经通过理论和实践向我们展示,原始地球在大气层缺氧的情况下,生命是如何形成的。直到植物开始进行光合作用

五

后，这颗星球才出现了富含氧气的大气层，还有保护地球上的生命免受宇宙辐射的臭氧层。

自然科学在力所能及的范围内，对地球生命的起源进行了解释，比如有人提出了"原始汤假说"，认为地球上的生命起源于一锅大分子混合而成的原始汤。既然自然界里发生的一切都有合情合理的解释，那么同样的道理，为何就不能适用于生命的起源呢？

我们现在已经知道，生命的许多组成部分，都可以由简单的化学物质合成。所谓"有机化学"和"无机化学"，曾经清晰的界限如今已经变得模糊。甚至在外太空，也找到了构成生命要素的分子。近些年来，科学家在星际尘埃云中探测到包括酒精和甲酸在内的有机化合物。最新的发现证实，氨基酸同样存在于太空之中，比如彗尾，比如距离银河系数十亿光年的遥远星系。只不过，天体化学仍然只是一个处于起步阶段的科学分支。

我们这颗星球上的生命——或是构成生命的分子——未必就是从这里起源的。这两者都有可能源自太空，比如由彗星带来生命的种子。事实上，我们这颗星球上大多数的水分，很有可能来自彗星。那些水分并不都是"纯净"的，其中或许蕴含了生命物质。

我身处现实世界之中，试图在脑海中对宇宙的历史进行总结。过去发生的种种令人惊叹，而同样令人惊叹的是，我正坐在这里，亲历并承载着这段奇妙的历史。每次订票的时候，我选择的座位朝向，都会和火车前进的方向保持一致，这次也不例外。我从左侧的窗户望出去，望着下方的克勒德伦湖①出神了好一会儿。氤氲的水雾游移在湖面上，仿佛一艘艘苍白的齐柏林飞艇。那些白色飞艇上方的灰色天空沉甸甸地倒映在水中，将整个克勒德伦湖晕染出秋天般阴郁暗沉的色彩。天空还是没有下雨。

整个宇宙中，我们的这颗星球是唯一确定有生命存在的地方。就在几十年前，人类首次在太阳系外发现了行星。之所以耗时许久，是因为以当时的技术根本无法探测出这一类太阳系外的天体。但在接下来的短短几年里，科学家就发现了二百颗左右的行星。根据目前的估计，在银河系所有类似太阳的恒星当中，绝大多数都有行星环绕。

如果问现在的天文学家，是否相信宇宙中其他行星上也有生命存在，大多数人会给出肯定的答案。他们会说，宇宙实在太大了，我们地球这个小后花园里出现的情况，其他星球上肯定也会有。但在这方面存在着一个奇怪的现象：许多天文学家仍会无条件地拥护莫诺的理论，深信宇宙并不曾"孕育"生命。可是退一万步说，如果宇宙真的没有孕育生命，宇宙及其最杰出产物之间的关系又该如何解释呢？

几十年前，人们关于外星生命还充满着各种脑洞大开的奇思妙想，而在如今的天体生物学领域内，寻找液态水已经成为主要的任

---

① 挪威布斯克吕郡的一座湖泊，面积约44平方千米。

五

务。液态水存在的地方必然存在生命,这一观点已经成为一种生物化学范式。如果有一天,我们发现了一颗富含水分的小行星,上面有着清澈的湖泊和淙淙的流水,却没有任何生命的迹象,必然会百思不得其解。

生命的组成部分普遍存在,并且可以从初始目的性原则中推导出来。复杂的分子或大分子则罕见得多,但这并不意味着它们的存在就不"普遍"。

我沉浸在思考之中。我的思路连贯完整,逻辑清晰缜密。或许在那天早晨,整个星球上只有我一个人在对自己的意识或觉悟进行反思。谁知道呢?说不定放眼全宇宙,我也是唯一的呢。若真如此的话,坐在黄色火车车厢里的我,可谓享受了巨大的特权。

就在火车快要抵达内斯比恩之前,天开始下起雨来。车门上方的蓝色显示屏打出一行提示语:"内斯比恩,左侧车门开启。海拔:168米。"随着火车徐徐驶离内斯比恩站,显示屏上又切换出另一行文字:"欢迎乘坐开往卑尔根的列车。"接着是一句温馨提示:"餐车供应咖啡、简餐、点心,欢迎前往选购。"

内斯比恩和古尔之间的铁路两侧都是郁郁葱葱的森林。我望向右侧下方的河流,偶尔可以瞥见零星几个农场。散不开的云雾徘徊在山谷之中,仿佛白色飞艇随时准备降落。

在宇宙学领域中,奉行着所谓"完全宇宙学原理",即宇宙中各处的观测者所观察到的物理量和物理规律是完全相同的。在宇宙学尺度上，不仅三维空间是均匀的、各向同性的，整个宇宙在不同时刻也是完全相同的。

既然如此，宇宙学原理为何不能适用于我们的问题：我们是否能这样期待，生命就像行星、恒星和星系一样，在宇宙中无处不在？还是说，生命出现在地球这个小后花园里，不过只是凑巧罢了？

宇宙中包含了上千亿个星系，每一个星系中又包含上千亿颗恒星。如果把每颗星球都比作一家化工厂的话，我们所拥有化工厂的数量简直难以想象。那就等于说，我们拥有了数不清的筹码，可以在蒙特卡罗大赌场的赌桌上进行押注。当筹码数量多到一定程度后，就没有理由将中大奖的结果视为纯粹的"巧合"了。

对于高额投注的赌客来说，赢取巨额奖金当然不是"巧合"。事实上，他们大赚一把是常有的事。要是有人吹嘘自己经常中彩票，赌马也总是稳赚不赔，我们不禁会想问问：他们投入的金钱成本究竟有多少？当然了，这应该是个很不讨喜的问题。

我并没有忘记意识。环顾自己所在的生物圈，我们必须承认，其中充满了各种具备神经系统和感觉器官的有机体。比如，我们这颗星球上进化出几十种不同的视觉能力，彼此之间并没有任何遗传联系。因此我们完全可以大胆假设：其他星球上的大型有机体也已经拥有了某种视觉能力。原因显而易见：在任何生物圈中，拥有视觉能力必然属于进化优势。视觉有助于观察周围环境，避开不宜生

五

存的地形、可能造成生命危险的敌人,辨认和捕捉猎物。在有性繁殖的地方,生物还能利用视觉物色合适的交配对象。在任何星球上的生存较量中,其他感官功能也会成为优势,比如听觉、回声定位、痛觉、味觉、嗅觉,甚至包括我们未知的一些怪异而冷门的能力。

对于高等有机体而言,要想协调各种感官印象,必须依赖一个高效的控制中枢或是一个"大脑"。在我们自己这颗星球上,同样可以见到各种实例,证明不同动物群体在互不干涉的前提下,进化出或简单或复杂的神经系统。有趣的是,神经学家已经开始着手研究章鱼的神经组织,希望借此加深对人类神经系统的了解。

既然我们认为,生命代表了一种普遍存在的自然现象,那么对于"神经系统"和"大脑"的发展进化而言,同样可以套用这一理论。

显示屏上提示:"古尔,海拔207米。"我收拾好随身物品——一件夹克和一个小背包。广播里传来声音:"前方到站,古尔。列车开启右侧车门。"

没多久,我已经置身于蒙蒙细雨之中。我坐上前往古尔长途巴士站的接驳公交,打开 GPS[①] 装置,很快就收到了卫星信号。当前时间是中午11时19分,我所在的位置是北纬60度42分6秒,东经8度56分31秒,精度误差不超过20英尺[②]。当天的日出时间为早4时21分,日落时间为晚10时38分。天空中云层较厚,且飘着毛毛细

---

① Global Positioning System(全球定位系统)的英文简称。——编者注
② 1 英尺 ≈ 0.3048 米。——编者注

雨。月升时间为早 8 时 11 分，月落时间为晚 11 时 23 分。不过即使晴朗无云，我也很难看见天空中的月亮。至于古尔今日的天气和温度是否适合狩猎和垂钓，GPS 给出的预报是"一般适宜"。好吧——

抵达古尔长途巴士站后，我点了杯咖啡和一个夹了奶酪和青椒的牛角面包。但我仍然深陷在自己的思考之中。我满脑子都是宇宙，整个人心神不宁，其间只有短暂几秒的分心——我恰好和一个年轻女子四目相接，因此中断了思考。我的脑海中当时还浮现出一个挺愚蠢的念头：她眼中的我，没准儿比实际年龄要年轻个十岁呢。

外面，穿过古尔市中心的唯一一条主街上已经下起了瓢泼大雨，这多少让我产生了一些研究气象的心情。于是我从宇宙根源的探索中脱身出来，开始为两天后的午餐致辞列关键词。当时我根本不可能知道，我们会在旅馆的露台上重逢。在古尔的时候，我当然免不了回忆起当年，我俩驾驶一辆红色的大众轿车，从风景中疾驰而过，一路驶向西挪威的冰川。

那天，长途巴士直到下午 1 点 20 分才从古尔发车，我因此享受了充分的午休。巴士开动后没多久，我们就在云山雾罩中进入了海姆瑟达尔。巴士上也有显示屏，上面显示，车外的气温为 14 摄氏度。随着时间的推移，雾气渐渐散去。

以我们这颗星球上的情况为参考，即使拥有大脑和神经系统，要形成我们所谓的"意识"，还有相当遥远的距离。一方面，如果意识指的是反思自己所处位置的能力——这里的位置，并不是局限于

五

一小片森林这样的现实世界，而是扩展到整个宇宙——那么演变和进化的历程必然更加漫长。另一方面，脊椎动物一旦开始学会用后肢站立，将前肢解放出来用于制造工具等，就等于拥有了一项决定性的优势，即掌握实用的技巧，并将这些"生存经验"分享给族群里的其他成员，包括传授给子孙后代。

对于人类来说，和我们说的"意识"共存其实是虚席以待的契机。如果我们并没有抢先占据，迟早会有另一种脊椎动物的代表开始进行思考，包括宇宙，包括生命和意识的形成。

这种观点或许不值一提，但我们应该考虑到一个事实：迄今为止，我们已经确定有生命存在的天体，百分之百都孕育出了意识。而且意识可能涉及的理解范畴，几乎能够追溯到大爆炸时期。

在很大程度上，宇宙演化所涉及的物理过程，至少可以用日益分化或逐步整合来概括。到目前为止，人脑都是我们已知的最复杂、最精密的系统。存在于大脑系统中的意识不断眺望苍穹，代表整个宇宙发问：我们是谁？我们来自哪里？

从语义学来看，这些紧凑的短句是如此基本和简单，以至于说，如果它们来自距离我们银河系后花园许多光年之外的某个角落的呼喊也不足为奇。或许语言本身的结构迥异，又或许从语音层面说，很难归入语言的范畴，只能依稀辨认出这是发声而已，但我们不能确定的是，这种属于外星文明的思维方式是否一定不同于人类文明，说不定在科学史方面，它们和人类也有共通之处。因为就科学研究来说，哪怕最具有先驱精神的当地居民，也要被迫在漫长而艰辛的道路上上下求索，才能更好地了解这个世界的本质、宇宙的诞生和元素周期表。

所谓"搜寻地外文明计划"，不惜耗费大量资源，致力于用射电望远镜等先进设备接收从宇宙中传来的电磁波，分析其中有规律的信号，希望借此发现外星文明。既然将外星文明定义为具有智慧生命的文明，那么想要在距离地球仅有几光年的地方找到另一个宇宙巧合，简直就是不可能完成的任务。其目的不过是确认，我们这个物种所代表的特征或本质，能够成为全宇宙的准则。

不过也有观点认为，只有在我们这颗星球上才进化出了拥有普遍意识的生物。就算其他天体上也出现了原始的生命形式，我们也不应忽略一个事实：从地球上生命的起源到人类的出现，耗费了将近四十亿年。对于一颗星球来说，四十亿年是一段相当漫长的岁月。十亿年后，我们这颗星球上的生命或许已经终结。地球将失去大气层，水分也将蒸发殆尽。

或许，我们终究是孤单的存在。但现在，任谁也无法排除这种可能：整个宇宙宛如一口蒸腾的地热喷泉，翻涌着形形色色的灵魂和精神。

我突然想起来，孩提时代我就常常陷入这样的思考。那时我会想：或许宇宙中充满了生命。这一假设当然令人振奋。但与此同时，我也会产生一个截然相反的念头：或许除了地球，全宇宙再也找不到任何生命的迹象。那个念头同样令人振奋。因为这两种可能性都

五

在强调:自己的存在是多么非凡的奇迹。

巴士正疾驰着经过海姆瑟达尔。我很清楚,用不了多久,我就会经过那个地方。我试着让自己做好心理准备。或许关于宇宙的千头万绪,也都是准备工作的一部分。想必你还记得,当初在雷夫斯内斯渡轮码头的情形。我们必须谈论一些庞大到缥缈的话题,设定一个无边无际、高瞻远瞩的背景,相较之下,我们这颗星球上发生的随机事件才显得微不足道。

云层依然低垂,可谁能分得清哪儿是雾气,哪儿是云层呢?毕竟,云层距离地面不过3米左右的高度。

道路旁边的提示牌显示,穿越海姆瑟达尔的52号国道可以通行。时值盛夏,国道当然是开放的。

我们沿着河的右岸行驶了相当长的一段,水流异常湍急,一来是由于近些天的降雨量已经打破了同期纪录,二来是因为今年夏天高山积雪到较晚的时候才开始融化。我们经过一座涨满水的水库,不断有水流漫溢过堤坝,难怪海姆西尔河[①]在流经山谷时水势如此迅猛,而且蒂里湖的湖水淹没了部分桥墩——它们都属于同一水系。

一阵阵雾气交织在一起,团块一般荡过谷底。当天的天气仿佛就是一个气象学的笑话。雾气越来越浓,将两侧山峦团团包裹,只能隐约看见遥不可及的谷底。

[①] 布斯克吕郡的一条河流,建有发电厂。

比利牛斯山的城堡

我目睹着这一切,脑海中浮现的却是:此时此刻,我能够坐在这里,对宇宙的历史和地理拥有如此清晰的认知,简直太不可思议了!我的神思开始在各个疑问中游荡:为什么会出现我这样的人?我这样的人又是如何出现的?

"宇宙没有孕育生命。生物圈也没有孕育人类。人类是数不清的偶然事件的产物,是蒙特卡罗大赌场赌局里中签得彩的一个号码。"

针对雅克·莫诺的还原论[①]观点,我们不妨站在对立面提出反论——纯粹就是感受一下,哪种论调听来更顺耳一些:"宇宙孕育了生命,而生命孕育出宇宙本身的意识。"

听起来还挺像那么回事的。要说意义的话,至少这种观点和我可能的直觉不相抵触。这个宇宙清楚自己的存在,或者说,拥有自我的意识。这个显而易见却令人惊叹的事实,是不可能完全交由神秘学进行解释的。

巴士接近分水岭的时候,我想到,如果科学论证所达到的高度犹显不足的话,应该会有更高层、更深奥的东西存在。根据莫诺的观点,意识或许"不应该"出现,而生命或许也"不应该"出现。就连宇宙本身,或许都"不应该"出现。

如果从一开始,宇宙的性质稍微偏离了实际情况,那么在宇宙诞生后的几百万分之一秒内,它就会立刻崩溃瓦解。莫诺的初始目

---

① 还原论是一种科学研究方法,主张将高层的、复杂的对象分解为较低的、简单的对象来处理。

五

的性原则，哪怕存在最微小的差异，也会不可避免地导致宇宙形成的全盘失败。这里，我简单举两个例子。第一，在刚开始的时候，若不是宇宙的正质量比负质量多一点点的话，整个宇宙将会在大爆炸后的一瞬间自我毁灭。第二，强核力如果弱一点点，整个宇宙就会由氢气组成；强核力如果弱一点点，整个宇宙就会根本没有氢气。这种例子数不胜数。正如斯蒂芬·霍金所说："我们这样的宇宙，从大爆炸中产生的概率是极低的。"

既然生命和意识的出现，和可持续运转的宇宙的诞生一样，都出于"偶然"，那么莫诺所奉行的初始目的性原则，其成功实践的可能性大概和蒙特卡罗大赌场赌桌上赢钱的概率差不多。既然如此，我们不妨拓宽思路想一想：大爆炸所创造出的时间和空间，它们的"后面"或"外面"是否有其他某种"东西"存在？我们甚至可以提出一个大胆的假设：宇宙正是由其他的某种"东西""孕育"而生的。到目前为止，还没有科学证据能够完全排除这一可能性。

宇宙必须符合一系列标准，才能唤起对自身，以及对自身的美感和规律性的认识，而这一点，必须在大爆炸之后最初的几微秒内就完成。我们应当时刻牢记，这就是我们所在的宇宙。

我就这样任由思绪奔流翻腾。在许多同行眼里，我的异想天开大概是某种异端邪说，毕竟我所沉迷的想法已经远远超出了自然科学的范畴。但它们的确是我从直觉中获得的感悟。

巴士穿过了农田、草地和小树林，然后沿着河流左岸的道路继

比利牛斯山的城堡

续前进。没多久,我们开上了一段上坡路,朝着比约贝里山区木屋的方向驶去,一座横跨河面的壮观吊桥赫然出现在眼前。此时,我们应该位于海拔700米的高度。河岸两边矗立着一片片白桦树林。

雾气越来越浓,但我仍然可以看见左侧山坡上的皑皑积雪,还有右侧山坡上零星的几座小木屋——估计是最后几座了,再往前就是受保护的高山地区,不允许开垦和建筑。

距离埃尔德勒湖越来越近了,这个湖既处于两个郡[①]的交界,也在分水岭上。自从那次以来,我还是第一次回到这里,但我已有心理准备,而且幸好不是我开车。经过湖边的时候,我没有向右侧窗外看过一眼,只是低头看了看手表。指针指向下午2时20分。倒也不是刻意为之,但我的背包里正好有半瓶伏特加,于是我悄悄拿出来,拧开瓶盖,猛灌了一大口。其他乘客应该都没发现。尽管时隔三十年之久,往事仍然历历在目。她真是一个谜——那个披着玫红色披肩的女人。

巴士开始下山,朝着西挪威方向驶去。下午2时29分,我们经过悬崖边的第一个发卡弯。我又拧开伏特加,灌了一大口。如今我坐在车里所思考的一切,似乎都和曾经发生的事情有着千丝万缕的联系。当时在雷夫斯内斯的渡轮码头,我们想要睡上几小时,结果却只能闭上眼睛躺着,不停地说话。

我们朝着莱达尔的方向,沿着湍急的河流向南行驶了一段,不

[①] 指松恩－菲尤拉讷郡和布斯克吕郡。

五

过从博尔贡木板教堂①起，原本开阔的道路就转入了隧道之中。厚厚的云雾氤氲在山谷底部，挥之不去，仿佛一群群处于失重状态的绵羊在游来荡去。巴士驶入莱达尔市中心，还记得吗，当时我们没有选择在那里过夜。几名新乘客上了车，巴士接着穿过一条长长的隧道，直接驶向福德内斯渡轮码头②，我很庆幸现在修了新隧道，可以避开令人崩溃的雷夫斯内斯渡轮码头。

登上开往曼赫勒的渡轮后，利用短暂的旅程，我总结了自己从奥斯陆一路过来的心路历程。

抛开一大堆琐碎的细节问题不谈，现在的自然科学领域中存在着两大未解的谜团：第一，宇宙在刚形成后的最初几分之一微秒内，究竟发生了什么；第二，意识的本质究竟是什么。关乎人类和自然科学的这两大核心谜团之间，是否存在着关联？或许我们没有理由给出肯定的答案，可是，我们似乎也无法完全排除这种可能性。如果非要赌一把的话，我宁愿相信两者之间是存在一定关联的。

我认为，在塑造宇宙物理规律的背后，应该存在着更深层的解释——或者说，根源或起因。你可以把它看作我最基本的信念。如果真的有所谓"神力"的话，那么它的优先级一定排在宇宙大爆炸之后或之下。在我看来，从大爆炸的那一刻起，起主导作用的就只

---

① 位于莱达尔市博尔贡的一座木结构教堂，始建于12至13世纪，是挪威现存的木板教堂里保存最完好的一座，目前是一座博物馆。
② 莱达尔市的一座渡轮码头，与下文的曼赫勒（位于松达尔市）之间设有渡轮航线，全程约15分钟。

比利牛斯山的城堡

有自然规律，之后发生的一切，当然也都有自然规律可循。

如果想找出"神存在的证明"，最有可能的地方应该是宇宙学常数，即隐藏在无神论者雅克·莫诺提出的初始目的性原则之中。正如我之前所提到的：我唯一不相信的，就是来自超自然力量的"启示"。

心路历程趋向终点，我搭乘长途巴士穿行于风景之中的旅程也即将结束。我只想补充一点：估计你很难找到像我这样一名物理学家，愿意承认生命和意识确实有可能是宇宙的核心特质。但我的推论并非建立在任何启示或信仰的基础之上，而是源于我对大自然本身的解读。

渡轮抵达曼赫勒后，巴士紧接着驶入一条新的隧道。没多久，我们就能透过左侧车窗，俯瞰山下的凯于庞厄尔。当年，我们搭乘的渡轮就是在那里靠岸的。紧接着，巴士又开始爬坡，驶入新的雾海之中，然后才穿过松达尔，翻过另一座山口。

巴士钻过长长的隧道，从菲耶兰峡湾上方半山腰的出口驶出来，除了下面缭绕的云雾，我什么都看不见。虽然从未开过这段路，但我知道，云雾下就是昔日熟悉的旧景。巴士很快钻进另一条新修的隧道，等钻出来的时候，我已经置身于云层之下，舒普赫勒山谷、博雅山谷和蒙达尔山谷赫然呈现于眼前。

我的脑海里冷不丁地冒出一个念头：她会在那儿吗？她也会来吗？不过这只是纯粹的条件反射罢了。我也知道这种冲动有多无

五

厘头。

我在冰川博物馆下了车,给旅馆打了电话。没过几分钟,接我的车就到了。于是时隔三十多年后,我又一次回到了那幢古老的木结构建筑里。我被安排在235号房。这里视野十分开阔,从窗外望出去就是峡湾、商店和书市,远处坐落着冰川和高山。雾气又一次变得稠密,聚拢成一团团"棉花球",低悬在峡湾上方。我坐在旅馆房间内,将这一切气象变化尽收眼底。

餐厅里人头攒动,看见这间颇有年头的木结构旅馆生意如此兴隆,实在让人高兴。气候大会的开幕式或许颇有助益。我点了一杯旅馆推荐的红葡萄酒,25厘升[①]要价90挪威克朗。虽然葡萄种类或产地无从得知,但红酒的味道相当不错,很可能是赤霞珠。晚餐一共有四道菜:西海岸沙拉、花菜浓汤、菲力牛排,以及鲜奶油草莓蛋糕。

吃完晚餐,我回到房间,整理完行李后,拧开伏特加的瓶盖喝了一大口,然后凝视着夏日傍晚的景色。窗外下着滂沱大雨,雨点砸落下来,发出噼里啪啦的声响。海鸥盘旋在峡湾和咖啡馆的上方,发出尖锐的叫声。临睡觉前,我又拿起伏特加,喝了一大口。

然后第二天早上,我就在旅馆露台上遇见了你。你们是前一晚到的,刚好错过晚餐的饭点,当时我应该已经回到楼上房间,边喝

[①] 1厘升≈10毫升。——编者注

伏特加边欣赏雨景。在我回忆当初的我俩时,你就在旅馆里。你们入住的时候,餐厅已经停止供应晚餐,自助沙拉吧也已经撤掉,想必你们在咖啡厅用了简餐。

我在床上躺了好久,在海鸥的叫声中睡了过去。在靠上枕头、闭上眼睛的那一刻,我心里想的是:再次回到这里,是多么温暖而美好啊!能够做自己,也同样温暖而美好。

然后我就做了那个奇异的梦。感觉上,那个梦持续了一整晚之久,而且直到现在,它都仿佛像我的亲身经历一样真切。

对,那就是我的亲身经历。

好了,我小小的奥德赛漂流记暂告一段落。我已经在电脑前坐了一整天,东西都没顾得上吃,其间就喝了茶和咖啡。对了,我还有好几次站起身,去角柜那边喝了几小杯。

你呢?教师研讨会开完了吗?应该到家了吧?

对,我到家了。不过我觉得你应该设法避开那个角柜。现在还不到五点。你就不能给自己定个规矩,晚上八点或九点前绝不靠近角柜一步?这件事我们以前就讨论过。有几次,下午两三点的时候我去烧烤酒吧找你,结果你已经点了一杯啤酒喝上了!

不过即使在角柜旁边的时候,我也在纠结于一些宏大视角的观点。想到自己也是这个宇宙的一部分,你不会感到眩晕吗?我刚才写道,直觉告诉我,自己的意识和发生在一百三十七亿年前的大爆

五

炸之间是存在关联的,可你却在关心国王大街的公寓里一个破破烂烂的角柜。你仍像从前一样关心、挂念我,这着实令人感动。

我知道,这么写可能的确挺让人感动的。

不过话说回来,你的答案呢?我从吕沙克尔前往菲耶兰,一路上的纷杂思绪,让你产生了怎样的想法呢?

我确实不知道该如何回答……套用一句那名女学生的感慨:"简直太精彩了,斯泰因!"这次我可不是讽刺,我是说真的。你写道,"……整个宇宙宛如一口蒸腾的地热喷泉,翻涌着形形色色的灵魂和精神",读来的确让人欣慰。还有这句也不错:"我认为,在塑造宇宙物理规律的背后,应该存在着更深层的解释——或者说,根源或起因。"或许这些表达中已经透露出你所谓"最基本的信念"。起码,你通过这种方式回答了我的问题,如实表达了自己的看法。

不过除此之外,我还提出了另一个问题,我想知道你梦见了什么。于是我又收到一篇唯物主义的论文。作为自然科学之旅,或是从游记的角度说,它完全是够格的,这点我毫不怀疑。但你谈及的只是我们精神本质的外壳,对我而言,就好比将全部注意力集中在贝壳表面,而忽略了里面那颗饱满圆润的珍珠。要知道,我们要撬开上千只牡蛎,才会发现一颗珍珠。

你总是会给我新的惊喜!

比利牛斯山的城堡

我坐在一艘绕地球轨道运行的宇宙飞船中,整个人正处于失重状态。那感觉就好像没有了身体,只剩纯粹的意识。

位于我下方的星球已经完全被粉尘和烟雾覆盖。整个地球漆黑一团,既看不见海洋,也分辨不出陆地。在核冬天[①]的黑暗场景中,就连喜马拉雅山的冰原岛峰也不见了踪影。我大声呼叫休斯敦太空中心:休斯敦!休斯敦!可我也知道那是徒劳。无线电死寂一片。我原本应该拦截的那颗小行星,想必已经毁灭了全人类,说不定还有全部的脊椎动物——至少是陆生的那些。

我一边继续沿着轨道环绕这颗焦黑的星球,一边回顾之前发生的一切。一颗小行星撞击了地球,几乎摧毁了所有的生命,白垩纪与古近纪之交、二叠纪和三叠纪之间所发生的一幕再次上演。只不过白垩纪-古近纪生物大灭绝导致了恐龙的灭绝,而这一次,恐怕任何脊椎动物都没有幸存的可能。这都是我的错!事情走到这一步,我绝对难辞其咎。

那是一颗直径好几千米的巨大小行星,并且早就进入了撞击地球的轨道。联合国为此专门成立了危机处理委员会,有史以来,不同种族、不同肤色、不同国籍的人们首次协力合作,只为了让地球免于毁灭性灾难。

[①] 核冬天理论认为,大规模核爆炸将引发气候骤变,地球处于黑暗、严寒和高剂量辐射中,导致生物生存面临巨大威胁。——编者注

五

经过周密的策划，联合国决定派遣一艘配备大型核弹头的载人飞船驶入太空，执行一项自毁任务。我和哈桑、杰夫自愿报名。在我们接近小行星的时候，核弹头会进行引爆，但距离不至于太近，以防小行星被炸成碎片。我们的目的是利用爆炸的气流将小行星推离轨道，从而让其最大限度地远离地球。

点火发射前，休斯敦太空中心就此次任务进行了最后一次报告，报告指出：小行星撞击地球的概率高达百分之九十九。核弹头由计算机远程控制，不必由我们进行引爆。我们三个的任务就是保持航向，锁定既定目标，在宇宙飞船进入合适的距离范围时，核弹头会适时引爆。就这么简单。

报名执行任务的宇航员有几百名，我们是其中的三名。我们经历了漫长的筛选过程，生理素质和心理素质都经受了严格的考验。不过最后的人选却是由抽签决定的。这样的话，对于所有入围候选人而言也比较公平。一切完全出于自愿，直到最后一轮，才有点俄罗斯轮盘赌的意味。反正不管怎么说，最终任务落在我们三个身上，从抽签结果公布的那一刻起，我们三个就成了英雄人物。我们将会飞往太空，将地球从即将发生的毁灭中拯救出来。我们是当之无愧的救难先锋。对于入选一事，我们都感到无比骄傲。

按照计划，位于火星和木星之间的那颗小行星就是我们锁定的目标。我们的沉稳冷静以及命中目标的精确度，决定了全人类甚至整个生物圈的命运。

是我背弃了承诺。我突然慌了神，方寸大乱。还有几分钟，我们就要牺牲自己的生命。无线电里传来最后的告别："各位，一切顺利！让我们共同举杯，送你们最后一程。谢谢！"

可我不想死。我想要多活一点时间。于是在关键时刻，我操纵宇宙飞船，偏离出原定航线好几度，导致计划泡汤。我还记得哈桑和杰夫咆哮着发出抗议，可一切为时已晚。我接受的那些训练都太失败了。或者说，我一开始就不应该通过测试的。

在太阳光的照射下，我们目睹那颗小行星从飞船旁边掠过。它必然会撞上地球，而且根据预测模型，在撞击的那一刻，有百分之九十九的可能，全人类将会彻底灭绝。

那颗小行星堪称庞大，外观狰狞可怖，让我联想到马格里特的那幅画作。小行星的撞击点应该在亚洲中部，不过无所谓了，反正最终整个地球都将遭受灭顶之灾。

宇宙飞船环绕着这颗焦黑的星球运行，可我无法分辨出五大洲和四大洋。烟雾和粉尘不断上涌，弥漫在整个大气层之中。大气层本身显然受损严重。我不禁回忆起发生在驾驶舱内的情形。

我记得，自己感到羞愧难当。哈桑和杰夫完全傻了眼，怔怔地坐在座椅上。杰夫双手一摊，整个人往后一倒，那意思是完蛋了，全搞砸了。哈桑则开始号啕大哭。我能感觉到杰夫的鄙夷和唾弃，

五

还有哈桑的悲恸欲绝。哈桑坚信任务完成后，自己将会进入天堂。可在我看来，那种笃定和自信实在令人费解，因为他同样坚信，任务能否顺利完成，完全遵循着真主的旨意。如此说来，真主已经明确表达了自己的意愿。不过，我实在无法继续忍受这种羞耻感，于是略施手段，利索地切断了他俩的氧气供应。这样一来，我在驾驶舱内存活的时间得以延长，相比于几分钟之前，现在我已经获得了三倍的生存时间。我操纵宇宙飞船，掉头朝着地球的方向飞去。我一定要看个明白，自己的星球上究竟发生了什么。事实证明，最坏的部分已经过去了。宇宙飞船还有充足的燃料返回地球，而驾驶舱内也有足够的氧气，让我绕着地球飞行很多圈。

我希望利用生命的最后几个小时，将一切想明白、想透彻。现在正是反思的时候。生命是什么？意识是什么？因为直到此时此刻，我才完全确定，除了我正在环绕的那颗焦黑星球外，宇宙中的其他地方都未曾出现理性和智力。也就是说，我是整个宇宙唯一残存的意识。

作为整个宇宙唯一拥有意识的幸存者，一想到整个宇宙即将陷入死寂之中，我就感到难以名状的悲伤。一个拥有意识的宇宙和一个没有意识的宇宙，在本质上毕竟是截然不同的。我也同样为自己感到难过。就我来说，作为自己的时间已经所剩无几。要不是我将杰夫和哈桑的时间占为己有，我们三个现在都已经死了，宇宙的意识也就随之湮灭。我延续了宇宙本身的意识，从这个意义上说，我

比利牛斯山的城堡

的存在还是相当重要的。

然后,我开始回顾自己的一生。或许那并非回忆,而是我真的穿越回二十世纪七十年代,在克林舍与你邂逅。你神采奕奕,露出狡黠的微笑。我们过着平凡却精彩的日常生活,一起做晚餐,然后散步前往努尔马卡的于勒沃斯蒂咖啡屋;我们骑车前往布林登校区,回到家后,坐在各自的沙发里,埋头用功读书;我们自驾前往诺曼底,趁着海水退潮,爬上露出海面的小岛——你还从海底捡了一只蓝色的海星!我们骑着车,一路骑到斯德哥尔摩;还有我们去托滕的时候,问当地一个老农民借了一只旧划艇,在湖上划了一圈。他肯定觉得我俩脑子有问题。而他之所以愿意出借划艇,纯粹是出于对我们精神不正常的同情。

我俯瞰那颗焦黑的星球。它既是孕育我的摇篮,也是孕育意识的摇篮。与此同时,我可以选择自己曾出现在这个地球上的任何时间、任何地点。比如在梅拉伦湖[①]畔,因为爆胎,我俩不得不停止骑行。我当时气得直跳脚,而你一直在安慰我。直到现在,当我驾驶着太空飞船,在环绕地球的轨道上运行,而你和全世界已经遭到毁灭后,我才意识到那天早上你的规劝是多么明智。你说:"别因为补胎这么一桩小事就耿耿于怀。现在可是夏天,傻瓜,我俩还都活蹦乱跳的,这不比什么都重要吗?!"

[①] 瑞典东部的湖泊,位于首都斯德哥尔摩以西。水域面积约 1140 平方千米,是瑞典第三大湖。

五

我沉下心来，重温过往。我们向你父母借了车，从卑尔根一路开到吕特勒达尔。我们站在渡轮甲板上，眺望松恩峡湾，然后横渡洛斯纳岛和叙拉岛之间的狭窄海峡，在克罗克海拉上岸。我们开车一连穿过好几座岛屿，又搭乘当地的小渡轮前往诺拉。经过冰川蚀刻的群岛呈现出各种地貌，包括形态各异的海湾、岬角、河流和湖泊，宛如世外桃源般的小天地。距离科尔格罗夫还有最后几十千米的路程，途中，你让我在某个指定地点停车，因为那里可以将最美的海景尽收眼底。你很高兴，能够和我一起回到你童年时代的天堂，那种喜悦溢于言表。最后，我们将车停在你外婆兰蒂的房子前面。虽然那是我第一次和她见面，可我感觉已经和她认识了一辈子那么久。或许是从她的身上我能看见你的影子。在外叙拉的那些天，我们就像两个小孩子。我们会去艾德杂货店买糖果和冰激凌。每到晚上，我们就躺在蓝色房间里的床上窃窃私语，相互诉说漫长夏日里彼此经历和探索的一切。

一切都围绕着两个故事展开。一个是我自己的故事，另一个是整个宇宙的故事。但它们已经交织在一起，不分彼此。假如没有宇宙的故事，我的故事也就无从谈起，况且，我还耗费了半生精力来钻研宇宙的历史，可要不是我的话，宇宙也已经没有了意识。如今，除了我的回忆之外，再没有其他记忆存在。

我可以就这样，在驾驶舱内一直坐着，任由宇宙和地球的历史宛如闪回的电影画面一般，一帧帧地掠过眼前，直到几小时后，记

比利牛斯山的城堡

忆和意识的时代无可挽回地宣告终结。当我在进行思考时,我所代表的意识已经远远超过我的自身。我感觉自己仿佛从未离开过驾驶舱,而我所有的想法和思考也都诞生在这里。换作以往,我经常会在半睡半醒间意识到自己在做梦,这次则不然,梦境畅通无阻地继续下去,完全不受任何干扰。一颗巨大的小行星撞击下方的星球时,我就在这艘宇宙飞船里。我记得仪表盘、所有屏幕和显示器所呈现的细节。杰夫和哈桑的面孔是如此清晰,我对他们的了解超过其他任何人,甚至连肌肉的抽搐或微表情都熟稔于心。我们在窄仄的宇宙飞船内度过了太多时间,而现在,他们一动不动地躺在驾驶舱的座椅上,已经完全没有了生命迹象。

我仿佛在经历不同时空中的双重人生。在倒计时思考的同时,我也能够离开宇宙飞船,和你共同前往我们曾游历的地方,仿佛是灵魂出窍般的体验。这既不合逻辑,也缺乏关联性,就好像萨满所进行的精神之旅一样,从某种程度上说,我可以随心所欲地选择出现在任何时间、任何地点。我们在诺曼底的时候,就真的在诺曼底。我们来到哈当厄高原,坐在石头上烤鳟鱼的时候,就真的在烤鳟鱼,我甚至能闻到烧烤的气味。其间没有生命,也不存在所谓的时间顺序,只有连续和永恒,就好像一只巨大的盘子,里面盛放着细小的马赛克碎片,不,那些彩色玻璃做成的马赛克碎片,其实被封在一支万花筒内。我坐在宇宙飞船上,朝万花筒内窥探着,然后选择想要回味和重温的记忆碎片。

五

我突然冒出一个念头：在厚厚的烟雾、粉尘和焦炭下面，你还活着。我猛然意识到，或许你就是地球上唯一的幸存者。这是我梦中的逻辑，确切地说，那是一个完全缺乏逻辑的梦。但无论如何，我满脑子想的就是，你要帮助我回到地面。你设法躲进西挪威一条深深的隧道避难，从而幸存了下来。地球上能够接应我的人只有你。很快，我就会坠入约斯特谷冰原下方的一条峡湾分支，等到宇宙飞船重新浮出水面，你就会打开舱门，救我出去。在梦中，这一切实现起来是如此简单，你只需要划着小艇，把我从峡湾中接走就行。

我又一次重温了那一次的峡湾划船之旅。你想要脱掉上衣来个日光浴，可又觉得旅馆前面的草坪不够私密，于是我们划船到了峡湾另一边，在旧谷仓旁找了一块草地，痛痛快快地晒了个够。现在我们就躺在那里，四周暖融融的，气温至少有20摄氏度。我们在岸边的水里放了一瓶Solo汽水，冰镇后一饮而尽。过了一会儿，我们划船原路返回，途中还看见了两头鼠海豚，想必它们是顺着峡湾，从巴勒斯特兰一路游过来的。两头鼠海豚绕着我们的船兜了好几圈，不过很快就游走了，让我们颇为紧张了一阵儿。

我绕着那颗焦黑的星球转了一圈又一圈。想到再过几小时，宇宙中就再也没有精神生活了，我感到揪心地痛。我双手合十，向我不相信的上帝祈祷：求求你，让一切重新来过！求求你，再给我一次机会！难道这个世界就不值得再拥有一次机会吗？

然后，不可思议的事情发生了。电影肯定不会那么拍，不过

比利牛斯山的城堡

场景不同，我毕竟在做梦。杰夫和哈桑冷不丁地动了两下，突然眨了眨眼睛。然后呢？包裹着地球的粉尘和烟雾尽数散去，幽蓝的大西洋重新出现在下方。而我们正驾驶着宇宙飞船，驶向非洲西海岸……

我猛地惊醒过来。我实在无法说服自己，那只是一场梦而已。最诡异的莫过于杰夫和哈桑的部分。他们两个活灵活现，就和真的一样，完全不同于我在现实生活中接触过的任何一个人。那种令人神魂颠倒的感觉久久挥之不去，让你不得不相信，真实世界的确可以平行存在，而且灵魂之旅并非虚言。

远处高山之间仍然云雾缭绕，但峡湾已经清晰可见。

下楼吃早餐的时候，我还沉浸在自己的梦境之中。后来，我就端着那杯快要漫出来的咖啡走向了外面的露台。

而你就站在那儿！！！

六

对,我就站在那儿。说不定那一刻你已经惊觉,自己做了一个预言性的梦。

这个嘛——

你有什么特别的安排吗?

没有。怎么了?

我是说,今晚你有别的事要忙吗?

没有,恰恰相反。贝丽特刚刚出去了,她和她妹妹一起到剧院去了。

那我觉得,我们的对话应该继续下去。尼尔斯·佩特出门和几个

比利牛斯山的城堡

朋友打桥牌去了。我们有一整晚的时间。坐在这里,欣赏这座城市的感觉真好。可我总有些心神不宁……

你呢?你坐在哪里?

我坐在家里二楼的一间小工作室内。从我书桌前面的窗户望出去,同样可以看见这座城市的风光。暮色正在渐渐笼罩奥斯陆,城市的灯火越来越明亮。我甚至能看见埃克贝里[①]和内索登[②]的灯光。

从窗口望出去,我可以看见瓦根湾[③]、十字教堂,以及远处的圣约翰教堂。还有小伦格伽斯旺湖[④]前方的消防局和市政厅。

你在邮件中写道:"而你就站在那儿!!!"而我在想,说不定那一刻你已经惊觉,自己做了一个预言性的梦……

前一天傍晚,我在抵达那家颇有年头的木结构旅馆时就感觉,在大堂,在餐厅,说不定什么时候就会遇见你。通往客房的每一级楼梯、墙上挂的每一幅画、每一块手编挂毯,都让我想到你。还有那间老旧的电话亭,你还记得吗?或者这么说好了:来到蒙达尔旅馆后,我所认识到最清楚的事实,就是你不在这里。我找遍了所有角落,可就是没有你的踪影。难怪我会梦见我俩的过往。而最不可

---

① 奥斯陆的一个街区。
② 布斯克吕郡的一座市镇,和奥斯陆隔海相望。
③ 卑尔根市中心的一座海湾,是卑尔根的中心港口。
④ 卑尔根市中心的一座八角形天然湖泊。

六

思议的是，你竟然站在餐厅外的露台上。那就是我说的"巨大的巧合"。可你出现在那里，并不是我梦见你的原因。

不是吗？一整夜，你绕着那颗焦黑的星球转了一圈又一圈，而我就躺在离你不远处的一张床上，和你一样安睡着。你不觉得，在你离奇梦境的背后，我们彼此的思想之间存在着某种渗透？你知道吗，在做梦的时候，也就是我们所说的快速眼动睡眠期间，心灵感应和超感视觉的能力尤为敏锐？用专业术语来说，这种现象叫作超自然梦境。在这个领域已经进行了一些实验室研究，而且也有很多人类学材料揭示了相同的结论。你读过关于冰岛诗人蛇舌贡恩劳格[①]的萨迦吗？不管怎么说，你肯定记得《创世记》中约瑟所做的梦吧？那些都是带有预言性和启示性的超自然梦境。

母亲曾在我小时候，为我读过关于海尔嘉、贡恩劳格和赫拉芬的萨迦。我可是在冰岛出生的，你应该没忘吧？问题在于，那些传说的梦境究竟有多少文学性的成分。不过我同意你说的，全世界范围内几乎都流行解梦，我指的是，从梦境中解读出有关未来的一切。

[①] 贡恩劳格（983—1008），冰岛吟游诗人，也是活跃于北欧诸国的宫廷诗人，"蛇舌贡恩劳格"是他的绰号。关于贡恩劳格的萨迦大约成篇于1250至1300年，讲述了他的生平。贡恩劳格同青梅竹马的冰岛美女海尔嘉从小订下婚约，可等他从海外归来后，却发现海尔嘉已经被她的父亲许配给了仇敌赫拉芬。在海尔嘉出生前，她的父亲曾做过一个预知梦：两只老鹰为争夺同一只天鹅展开了一场殊死搏斗，结果双双殒命。贡恩劳格和赫拉芬相约前往挪威决斗，二人最终均失去了生命。

比利牛斯山的城堡

关于你做的那个梦,其中所具备的一切特征,都符合我说的"预言性"。那就是一个典型的启示之梦。它的情节格外紧凑,表现力特别强烈,你不觉得吗?

对,我也这么觉得。所以在山间牧羊人小屋那里的时候我就已经告诉你,我做了一个具有强烈冲击力、奇异而特别的梦,而且更不可思议的是,就在梦醒后几个小时,我和你竟然会一同散步。还是应该说,几个小时前,你才刚刚将我从太空接回地球?对我而言,那个梦境让我体会到,当初我们共同度过的岁月依然铭刻在我心中,那么鲜活,历历在目。同时我也有种感觉,或许从分手那一刻起,我就进入了另一条"轨道",我指的是你我各自展开的新生活。况且,大多数梦境也和白天的经历有关,而那一整天,我都在雾蒙蒙的风景之中穿行。

话说回来,那也是一个令人恐惧的噩梦。感觉就好像你渴望寻找自己可以相信的东西,而且坚信自己就是宇宙中唯一的意识,同时希望这些想法能够遭到否定。我的意思是,在潜意识里,你恳求自己对于这些妄念进行反驳。斯泰因,你不是唯一的。我是说,宇宙中有着许许多多的灵魂。我相信,我们构成了一整个庞大的精神世界。至于其中的具体数量,我说不好,但我相信,它们接近于无限。就好像在阳光灿烂的夏日里,洒在海面上的光斑一样数不胜数。

对不起,索尔伦。在这些事情上,我实在没法顺着你的意思往

六

下说。你能谅解吗？

我不仅能够谅解，而且愿意给予极其宽容的态度。正如你的梦中所透露的，你相信物质会超越精神存在。整个浩瀚的宇宙，终有一日将被我们遗留下来，成为一堆毫无意识的废弃品。我则秉持着截然相反的信念。我相信，我们的灵魂会超越物质世界的污浊，得以永存下去。或许有一点，我们可以达成共识，那就是自然界的一切终将瓦解。

对，根据热力学第二定律，宇宙的熵终将达到极大值，宇宙最终会无可避免地达到热平衡。

但并没有相应的定律指出，时间的摧残能够在精神层面造成如此大的撕裂。

我想我能明白你的意思，因为我们拥有自由的灵魂，并且会在肉身死去后永存。

这么说吧，假如你正在森林里散步，而且选了一条好几个星期都没走过的小径。走着走着，前方突然出现了一幢你从未见过的小木屋。凭空冒出一幢小木屋这事已经够离奇的了，等你停下脚步仔细打量的时候，门嘎吱一声开了，从里面走出一个面带微笑的男人，金发碧眼，牙齿雪白，和当下的环境可以说完美契合。他深鞠了一躬,礼貌地问候道:"您好!早安!"整个场景非常神秘,颇有超现实的意味。

现在问题来了:森林里究竟发生了什么?是那幢小木屋先用森林里的树木把自己搭建起来,接着又创造出那个男人,让他成为木屋的主人,还是恰恰相反,是那个男人先盖好了小木屋,然后再住了进去?

我想问的是,你认为哪种情况比较合理——究竟是精神先出现,还是物质先出现?你在描述旅程的时候总结说,你隐约有种感觉,"宇宙在刚形成后的最初几分之一微秒内"所发生的事情,和意识之间存在着某种关联。而我现在想问:你觉得哪一个率先出现,是意识,还是最初的几分之一微秒内,巨大的能量释放所转化成的物质?

你不是也提出过这样的疑问吗:"大爆炸所创造出的时间和空间,它们的'后面'或'外面'是否有其他某种'东西'存在?"这是你自己的原话。所以,如果把大爆炸说成是万物的起源,会不会有失公允?我们所知世界上最大的谜团,很可能只是从一种状态到另一种状态的延续而已。

我不知道。真的,我再也无法给出肯定的答案。其实,我们什么都不知道。

你在梦中陷入绝望。你迫切需要从唯物主义世界观中得到拯救。

六

你甚至向不相信的上帝进行祈祷。可见你真的已经彻底崩溃。

可你就没有看到任何宽宥和解的可能吗？甚至在做了那个意境深远的梦之后，你依然不为所动？那个梦再明确不过地显示出，你的精神世界其实非常活跃。你在梦中的祈祷得到了回应，这至少意味着，你在无意识中已经对自己的无神论产生了怀疑。

你就从没有过类似的体验吗，斯泰因？你就从没经历过可以解释为灵性或先验的事件吗？

现在才刚过晚上十点，离我上床睡觉的时间还早。

有的，我有过一次类似的体验，就发生在二十世纪七十年代。今年七月的那天，我们坐在山间牧羊人小屋废墟里的时候，本来我是打算告诉你的。我正想要对你吐露心声，将那个奇异的梦境和盘托出，几头小牛突然冒了出来。至于我们在下山途中没有深聊的原因，想必你也清楚。我记得当时我们说，到了现在这个年龄，彼此敞开心扉的确比较尴尬。你知道，的确有些因素让我们采取了躲闪的姿态。所以突然间，我们两个都不知道该说什么才好。于是我建议，至少可以先发两封邮件试试。你记得吗，路过射击场和红色谷仓的时候，是我主动提议的。在书市找到你先生的时候，我们已经结束了全部对话。我本来以为，我们三个可以坐下来喝杯咖啡，简单聊上两句，结果却未能如愿。

当初你突然不辞而别，整整一年后，我才再次得到你的消息。

比利牛斯山的城堡

你请我收拾好你的东西,打包寄往卑尔根。那可不是一项轻松的任务,诚如你在发来的电子邮件中所言,大多数物品都是我们一起买来的。我们从十九岁开始就搬进同一所公寓,度过了整整五年共同生活的时光,已经很难界定哪些东西属于你,哪些东西属于我。不过我觉得自己还算大方,至少没让你吃亏。整理东西的时候,我首先考虑的是情感价值,我很清楚哪些东西是你特别难以割舍的。不过就情感层面而言,一方特别珍惜的,另一方未必就觉得无所谓,实际情况往往正好相反。你肯定还记得我们离开斯科讷后,在斯莫兰[①]买的玻璃铃铛吧。我虽然也对它爱不释手,但还是仔仔细细地把它用纸包裹好,寄给了你。但愿它在途中没出什么岔子,到你手里时依然完好无损。

我曾经听说过一对夫妻分手的故事。双方已经决定离婚,并且打算以协商的方式分割藏书。但他们很快发现,一方想要据为己有的书,恰恰也是另一方的心头好。分割的藏书数量越多,这种情况出现得也就越频繁,他们甚至开始讨论起书本身的内容。这时他们才意识到,两个人的喜好实在太相似了,分割财产变成了不可能完成的任务。直到今天,那对夫妻仍然生活在一起,至于当时分手的导火索,简直就是不值一提的小插曲。

就我们的情况而言,书同样扮演了重要的角色,只不过导致的结果截然相反。我想到了你关于那方面阅读过的所有书籍,尤其是其中的一本,你知道我指的是哪本。有时候,一本书所暗含的杀伤

[①] 瑞典南部地区的旧省,与斯科讷省相邻,以玻璃制品著名。

六

力远胜过一整段"小插曲"。

我将你的物品打包好,寄去了卑尔根,有一种尘埃落定的终结感。无论是当初搬到一起共同生活,还是如今的黯然分手,都是自然而然发生的,不需要任何文件和手续。

那天早上,我在邮局寄出三个大纸箱后,并没有马上回家。我开着那辆红色的大众,直接上了环城大道,然后习惯性地沿着德拉门大街一路南下,就这么漫无目的地经过了桑维卡,朝着索利赫格达和赫讷福斯的方向一直开下去。

我是在五个小时后经过海于加斯特尔的。然后我向南行驶了一小段,紧接着一路向北直奔哈当厄高原。途中,我停下车,找到通往之前露营地的道路。我在那一带兜兜转转,又坐了好久,才又回到车里继续上路。

露营地本身没什么变化,看着就好像我们昨天才刚离开一样。我弯腰钻进"洞穴",在里面找到了我们的床铺,还有我们留下的那块未经处理的羊皮。你当时想的是,如果这块羊皮被丢了羊的牧民发现,多少能补偿一点他的损失。你啊,从来不肯白占别人便宜。可惜羊皮还在那里,原封未动。

土灶里早已没了烟火气,但炉膛里还残留着杜松和圆叶桦烧焦的枯枝,完全就是我们离开时的样子。此外,还有我们留下的其他痕迹。多少有些系统性吧,我开始着手进行考古发掘。你留下了一只绿手套、一枚五克朗硬币,还有一只轻金属质地的发卡。不过发

比利牛斯山的城堡

卡这玩意儿应该和石器时代的生活格格不入吧?我完全不记得你用过,说不定是从你口袋里掉出来的。当时的我们两个,完全可以用蓬头垢面来形容,但由于洗发水和肥皂都被列入了黑名单,我们只能用圆叶桦、地衣和苔藓搓搓洗洗。我还找到了几枚自制的鱼钩,看见洞穴外面到处都是我们吃剩的鱼骨,真是让人汗颜。不过生活在克罗马农山洞[①]里的那些穴居人肯定也这么做过。我记得当时我们就表达过类似的意思。我们还说,邋遢点没关系。我们尽可能过得像那么一回事,为此还颇为得意。按照最初的设定,我们只能勉强算是人类,因为刚刚经历了从动物过渡到人的过程,所以不可能活得太精致,必须粗糙一点、原始一点才行。

忽然之间——因为事情发生得太过唐突——我仿佛丧失了对自身的掌控能力,和周围的环境融为一体。我并非刻意为之,而它恰恰在此时此地发生,不能不说是一个巧合。那种感觉席卷而来,将我整个人吞没,而我平时所思考的"我"和"我的"已经不复存在,只剩下幻觉。

我失去了自我,却并不觉得有所损失,感受到的只有自由和充盈。因为我透彻地领悟到,相比于一直以来那个忧心忡忡、自怨自艾的自我,我所代表的要丰富得多。我不仅仅是我自己。就这么简单。事实上,我代表了身边的一切,代表了整个国度,对,从小的蚜虫,到浩瀚宇宙中的星系,这些全都是我。一切都是我,因为我

[①] 1868 年于法国多尔多涅省莱塞济附近发现的山洞,洞中存在人类化石。据考古学分析,克罗马农人属于晚期智人,生活在距今约三万年的旧石器时代。

六

就是一切。

我当时的意识状态难以用言语描述。我能感觉得到且清楚地知道，我就是身下所坐的这块石头——还有那边的一块、那边的一块，以及那边的一块，我也是身边环绕的帚石南、岩高兰和圆叶桦。接着，我听见一只欧金鸻忧郁的啼声，那也是我的声音，是我在发出呼唤，以此唤醒我的注意力。

我笑了。在各种感官印象、欲念和渴望所构成的波涛汹涌的表象之下，我始终拥有一个更为深邃的身份认知，它沉默安宁，和所有的一切息息相关。而现在，当我意识到这一点后，汹涌的表面也随之平静下来。我曾是一名受害者，被世界上最大的假象蒙蔽，还以为"我"是完全独立于其他万物的存在。但我体验到的并非超越的感觉，恰恰相反，我深深地感受到自己的片面和狭隘。

我强烈地感觉到自己已经完全失去了时间的概念。但这并不代表我已经超脱于时间之外，事实上，我反而融入其中。所谓"时间"，不仅包括瞬息万变的当下，还有过往的所有时刻。我不仅仅在过自己的生活，不仅仅存在于这里和那里，我还是过去、现在和未来。我正在向各个维度延展和生长，而且必将一直持续下去，因为万物皆为一体，而融为一体的万物就是我。

然后，一切开始迅速消退，因为我所描述的是一个转瞬即逝的体验。我为窥见永恒而庆幸。存在于我之前，还有存在于我之后的一切，虽然只是闪现了短短几秒，但那种状态给我以全新的认知，我清楚，那将是伴随我一生的维度空间。

关于我的亲身体验或意识状态，暂且聊到这里。诚然，这是我尽量复原的一场真实经历，但事后想来，我相信在某种程度上，通过纯粹的思考也能够达到类似的境界。

我们总喜欢说："我们存在于这个世界上，存在于宇宙之中，或是存在于地球之上。"这么说固然没错。不过若能抛开那些介词的束缚，岂不是一种解脱？说不定还有点游戏人间的意味。因为我就是世界，我就是宇宙。

在哈当厄高原上，我进入了一种难以名状的意识状态。然而我所有的经历都是真实存在的。我就是世界——这点毋庸置疑。

你怎么看？从我所指出的坐标轴中，你能看到宽宥和解的希望吗？一百年、一千年，甚至一百万年后，野兔、松鸡和驯鹿仍会在哈当厄高原上自由奔跑，念及于此，你会感到欣慰吗？与此同时，你是否能意识到，在某种程度上，你就是这种在你身后如潮水般涌现的多样性？这种意识是否会给你一丝慰藉，还有，你自己的小"我"将会超越尘世的存在，作为"精神"在灵魂的天堂里永存，这种虚无缥缈的概念是否会让你感到心安？

我们不妨假设一个进退维谷的困境：你面前的桌子上设有两个按钮。如果按下其中一个，你会立刻死去，而且就个体而言，死后不会再以任何形式存在。但作为回报，人类以及地球上的所有生命都会在未来得以永存。这意味着，在之后无数的世代里，在海边的礁石间，都会有小女孩奔跑嬉戏的身影，就像二十世纪五十年代末，

六

还是小女孩的你度过的童年生活。你知道吗,我能够在脑海中勾勒出她们的模样,她们雀跃着、欢笑着,生生不息。不过,你面前的桌子上还有另一个按钮,按下它,你可以健康快乐地活到一百岁。但两难境地在于,作为交换的代价是包括全人类在内的地球上的所有生命都会在同一时刻和你一起死去。

你会怎么选?

如果是我的话,我会毫不犹豫地按下第一个按钮。倒不是说我有多无私、多富有奉献精神,只不过,我并不是仅仅代表我而已,我并不仅仅过着我的生活。只要稍作深究就会发现,我也代表了全人类,并且,我希望在我身故之后,全人类能够继续繁衍生息、蓬勃发展。事实上,这出于我的私心,因为我心中属于我的部分,绝大多数都根植于我的身体之外。这一点我们是达成共识的。所谓"我",不仅仅是肉体而已。并非所有的一切都会因肉体而生,随肉体而亡。

在如今这个时代,总有各种言论劝诱我们相信:我们的自我才是真正的宇宙中心。但这种活法岂不是太累了吗?我的意思是,真正的宇宙中心只能再存在几年或几十年,这种前景未免太过惨淡了些吧?

在哈当厄高原上,我体验到了心灵的解脱。我感觉自己挣脱了自我中心主义的桎梏。那感觉就好像捆住桶的铁箍应声裂开,那是象征自我主义、唯我独尊的铁箍。

比利牛斯山的城堡

可是，我的话还没说完。

下午四点左右，我走回汽车，脑海中突然冒出一个念头，不想立刻返回奥斯陆的家，而是觉得应该继续向西行驶。很快，我就穿过了哈当厄高原，然后顺着下坡路穿过莫伯山谷①，我从欣萨维克搭上渡轮，横渡峡湾后，继续驶向努尔海姆松，在翻过克瓦姆高原②后，一口气开到阿尔纳③。当时已经是晚上，我和克林舍的家隔着400多千米的距离，或许应该考虑原路返回了。

可我已经和你近在咫尺，绝不能就此放弃。于是我索性把红色大众开进卑尔根市区，就停在诺德勒斯④外。然后我下了车，在街上漫无目的地游荡。在渡轮横穿哈当厄峡湾⑤的时候，我就意识到自己的行为有多么荒谬。我完全不必采取邮寄的形式，而是应把纸箱装进后备厢，亲自开车送过来。反正整件事愚蠢至极，要是开车送一趟的话，我就有充分的理由去见你了。

不过我非常确定，既然开了这么远的距离过来，想必我很快就能在大街上遇见你。我转过一个街角，没看见你，于是我告诉自己，转过下一个街角就能看见你。最后我一直走到斯康森，在那一带兜兜转转了好久。你父母的公寓坐落在南布雷克大街，我之前去过几次，可现在，我总不能一直站在房子外面，看起来未免太戏剧性了，

---

① 霍达兰郡的一座狭长山谷，全长约7000米。
② 霍达兰郡的一座山地高原，是卑尔根和附近地区的滑雪胜地。
③ 卑尔根的一个行政区。
④ 卑尔根的一个半岛和街区。
⑤ 仅次于松恩峡湾的挪威第二长峡湾，全长约179千米，最深处约800米。

六

再说我也不敢贸然按下门铃。我担心把你父母牵扯进来。

我想,你很快就会出门散步的。既然你总能敏锐地察觉到我会在何时何地出现,那么现在,你一定能利用自己的第六感,走到门外和我见面。可你没有特异功能,索尔伦,至少那天晚上没有。当然,前提是你在家,说不定你去了罗马或巴黎。后来开始下雨了,我没钱去住旅馆,只能走回诺德勒斯,满心希望会在走回汽车之前看到你。可结果我还是一个人钻进了那辆红色大众,浑身淋得湿透,像落汤鸡似的狼狈不堪。我插入钥匙发动汽车,仍然心有不甘,在开车出城的路上,我一直都在寻找你的身影。我想,说不定你去了朋友家,正在往家赶。甚至在经过努尔海姆松的时候,我还看到了一个身影和你很像,可那不是你。我搭乘渡轮回到峡湾的另一侧,在第二天早上回到了克林舍的家里。我把自己反锁在房间,放声大哭,然后喝个烂醉,倒头大睡。

我们的分手就像一场手术,而且是没有麻醉的那种手术。

是啊,斯泰因⋯⋯

当初给你写了那封信以后,我心里就抱有一丝渺茫的希望,说不定你不会采用邮寄的方式,而是开车穿越千山万水,亲自把东西交到我手上。毕竟那是我们最后的机会。当然了,之后的几天里,我满脑子都是你,有一天晚上我眼前甚至浮现出画面,你失魂落魄地游走在卑尔根街头。我告诉自己,那些东西就在红色大众的后备厢里,你只是没有勇气当面交给我罢了。于是我立刻冲出家门。外面已经开始下雨了,我只好回屋拿了把雨伞,然后折返回雨中,想尽快找到你。我先去了鱼市,然后一路向北,走过托加曼尼根大街①,经过恩根、诺斯特②,一直走到诺德勒斯,可哪里都没有看到你的身影。你那晚是否真的来了卑尔根,我开始不那么确定了,不过我相信,至少在那个晚上,你强烈地思念着我,而我也知道,我们仍然深爱彼此。

分手后的第一年就这么过去了,然后一年接着一年,时光流逝。我好像记得后来给你写过一封短信,说我已经和尼尔斯·佩特住在一起了。又过了几年,我从奥斯陆的朋友那里听说,你遇见了你的贝丽特。说来也怪,得知这个消息时,我丝毫不感到高兴,有的只是嫉妒……

在你叙述的经历中,在我看来最怪异的行为莫过于你又一次去了那个露营地。我很确定,那次我绝对没有使用发卡,估计它是从我的冲锋衣口袋里掉出来的。五克朗的硬币应该是你带过去的。

话说回来,你居然没发现烟头?记得吗,因为不能将香烟带进石器时代,我们两个不得不痛下决心戒了烟。或者至少说,在我们过穴居人生活的时候,暂时告别了抽烟的习惯。但有一天你钓鱼回来的时候,我可以清楚地闻到,你瞒着我抽了烟。因为你总要和我接吻的嘛。你立刻就承认了,而且十分内疚。斯泰因,你当时真的很抱歉,立马就掏出香烟交给了我。那天晚上,它就被丢进篝火,化为了灰烬。

---

① 卑尔根市中心的商业街。
② 恩根和诺斯特均为卑尔根市中心的街区。

六

对于一年后，我在哈当厄高原上的体验，你怎么看？

怎么说呢，我想我能理解你所描述的一切。你所经历的体验未必非要和我的信仰势不两立。因为从结构层面来看，万物皆为一体——它们的源头都可以追溯到你所说的大爆炸。可是，我们首先不都是独一无二的个体吗？我们不都是无可比拟的个人吗？当时我们就是这么说的。今天我还想补充一句：不仅如此，我们还是灵魂生物。

我肉体所留下的原子和分子，日后会成为野兔或北极狐身上的一部分。这种想法在别人看来未免有些冷幽默的意味，但对我来说，却着实迷人有趣。因为那时候我已经不在了，斯泰因！你听懂了吗？当时我无法忍受的就是这一点。我作为我，只能继续在世界上存在短暂的一段时间。可我希望能这么一直下去！和你相比，我如今拥有了一种更宏大、更奇妙的希望，一个更宏大、更奇妙的信仰。

对于我们分手一年后，你重回哈当厄高原并因此拥有的美妙体验，我无意贬低它的意义和价值。但我怀疑，你的实际行动究竟在多大程度上能够践行你所涉猎的泛神论观点。当你写到在两个按钮之间进行选择时，我对结果的可靠性也打了问号。毕竟，你在梦中做出了截然相反的选择。你为了让自己苟延残喘几个小时，牺牲了全人类的未来，更何况你还杀死了两名同伴，将属于他们的氧气据为己有，从而得以坐在宇宙飞船中居高临下，在自己的意识中再多沉浸几个小时。

比利牛斯山的城堡

那只不过是一个梦而已。难道你从没遇到过这种情况吗？梦中做的事，在现实生活中根本不可能去做。

当然遇到过。我知道你是一个体贴细心的人。你把我的东西仔仔细细地包裹好寄到卑尔根，这令我十分感动。就这点来说，你表现得的确很大方，完全没让我吃亏。让我稍感安慰的是，你至少留下了那辆红色大众。这无可争议。一来，我当时还没拿到驾照；二来，修理保险杠和车头大灯的费用都是你付的。

那只玻璃铃铛就摆在我面前的窗台上，现在我用左手拿起来，轻轻摇晃了几下。你听见了吗？

听见了！我始终对斯莫兰念念不忘。在那片小小的芦苇湖中，两只疣鼻天鹅相互依偎着游来游去。你指着它们说："那就是你和我。"倒映在平静如镜的湖面上的正是我们的灵魂。还记得吗，我伸手搂住你，表达了一个全然相反却同样温暖和真诚的观点。我说："它们是世界的灵魂。虽然它们自己浑然不觉，但湖面上游动的其实是世界的灵魂。"

我一直都是一个自然浪漫主义者。你也是。只不过你总能感到来自自然的威胁。

贝丽特睡了。今晚你还会再写下去吗？

我记得那两只天鹅。我也记得，我俩对于它们的象征意义无法

六

达成共识。今晚我还会继续写、继续发。不过你别有压力,斯泰因,困了就去睡吧,邮件明早再读也行。

没什么好商量的。现在,就让我们一起扬帆夜航。

你在说什么呀?!你该不会喝醉了吧?

放心,绝对没有。是我写的话冒犯到你了吗?你尽管写就是。我肯定不会困的。

我尽量长话短说,因为很多事情你都已经知道了。

那是很早以前的事了,我十岁或十一岁那年,去外叙拉岛的外婆家过暑假。一天,一只燕子冷不丁地撞上了客厅的玻璃窗。外婆的意思是,我应该先等等,别急着采取行动。她说:"有些鸟儿只不过撞晕了而已,过一刻钟或半个小时,它们就会苏醒过来飞走的,这种情况之前发生过好几次。"她还说:"有些鸟儿在死后还会重获新生,大家明明看见它已经死了,结果它突然扑棱着翅膀活了过来。"可是那一次,一天一夜过去了,燕子还是没有醒过来。第二天清晨,它仍然一动不动地躺在原地,我只能埋葬了它,而且必须独立完成。爸爸妈妈远在卑尔根,指望不上。我本以为外婆会帮忙,结果她说埋葬死掉的鸟儿是小孩儿的任务。我和你谈过这件事,还讨论过我后来的症状是否与此有关。

总之从那个时候开始,从我十岁或十一岁的时候开始,我的成长便伴随着一种强烈的意识，我感觉自己不过是一只扑棱着翅膀的小鸟，我就是大自然。我已经不再是孩子了，无忧无虑、天真烂漫的童年岁月已经离我远去。

你想啊，斯泰因，不断有新生儿来到这个世界，而且在之后很长一段时间内，他们都会快乐幸福地生活，没有恐惧，没有悲伤，对死亡浑然不觉，那是多么美好啊！对我来说，生活中的某些部分在我十岁或十一岁时戛然而止，或者说，完成了一个全新的蜕变。早在我进入青春期之前，我就已经感到恐惧，从某种程度上说，我对这个世界有所疏离，至少，我正在逐渐远离它。

后来，我去了奥斯陆，遇见了你。其间的经过并不重要。在我的记忆里，它们只是无休无止的一系列钢琴课、网球训练和功课，当然最后几年里，还有大量的谈情说爱、饮酒狂欢。而你与我一样，都有一个巨大的伤口。你自己也有受伤的一面，或者可以说，沉重的一面。你和我都意识到，对于像我们这样的人来说，除了活在当下，生活中再没有别的希望。我们毫无防备地坦诚相见，纵情于大自然和一切产生过度刺激的活动，至少在一段时间以内，我们可以逃避关于最终归宿的消极念头。

自从在外婆家度过了那个暑假，我就始终从二元论的角度看待存在问题。我认为，我们首先是灵魂，至于那些不断涌现却又容易满足的生理需求，则是另外一种东西，是我们作为男女所依附于身体的特质，虽然在激情时刻能让我们攀上喜悦的巅峰，但这在我

六

们的内心深处却被视为善变和肤浅的代名词。当时，你不也这么觉得吗？

有时你会走到我身后，用手掌覆住我的额头，对着我的脖颈呵气，轻轻撩拨我的头发，在我耳畔轻声说："灵魂，你好！"这时，我喜悦的程度简直比马里亚纳海沟还要深。这种情况发生过不止一次。你知道吗，你真的在和我的灵魂对话。你打开的那扇舱门，通往一个截然不同的领域，那是精神的领域。而做出回应的正是我的灵魂。我往往只是开口说"你啊……"就已经足够。当灵魂和灵魂对话的时候，还能说些什么？那已经是我和你靠近的极限。

你曾有过幽灵替身[①]，斯泰因。对我而言，回顾那段记忆至关重要。当时经常会发生这样的情况：你的幽灵分身会提前回到克林舍的公寓，而真正的你要半小时后才会出现。最初几次，我听见你的脚步声，很肯定那就是你，于是跑到门口准备迎接你。有几次我因为已经计划好了，要把你直接诱惑进卧室，所以心情特别急切。但我很快就意识到，那只是一个替身，预示着你正在回家的路上。当然这种预示相当有用。我于是有充足的时间来布置餐桌、烹饪美食，我还可以在设法诱惑你之前稍作打扮——当然每一次，我的精心准备都大获成功——你肯定还记得，有好几个冬天的夜晚，你一回家就看见了点燃的蜡烛，烘得暖暖的卧室，你读懂了我的暗示，露出期待的微笑，还将它称为"爱情桑拿"。可是斯泰因，我现在写下

[①] 北欧神话传说中一种幽灵般的替身，具有主体的声音、气味和外表，会先于主体在某个地点出现，并替主体完成动作。

这些的目的只是想提醒你，至少从我们认识以来，我关于你所谓的"神秘主义的倾向性"，就已经是一个活生生的现实。

不只如此。1976年5月的某天，应该就是我们决定滑雪穿越约斯特谷冰原的前几天，我们同时醒了过来。我做了一个梦，转过身，和你保持面对面的姿态，就那么怔怔地盯着你。你吓坏了，担心我会不会又是病症发作。

你问我："怎么了？"

我回答说："我梦见延斯·比约尔内博①死了。"

你说："别胡思乱想。"反正我得到的预示，在你看来都是胡思乱想。

可我继续说道："是真的，延斯·比约尔内博死了，我就是知道。"我后来还说了一句："你知道吗，斯泰因，他的忍耐已经突破极限了。"

然后我开始失声痛哭。我们刚读完他描绘朗希尔德·约尔森②生平的著作《梦想与车轮》③。比约尔内博的每一本书，我们几乎都读过。你气愤地冲进厨房打开收音机，正好赶上电台播报早间新闻。头条新闻就是延斯·比约尔内博的讣告。你惊恐万分地回到床上，紧紧依偎在我身边。

---

① 延斯·比约尔内博（1920—1976），挪威作家，其作品涉猎多种文学体裁，因抑郁症和酗酒问题挣扎多年后自缢而亡。
② 朗希尔德·约尔森（1875—1908），挪威女作家，其作品常常关注传统农村社会与现代工业社会之间的冲突。
③ 讲述挪威作家朗希尔德·约尔森生平的传记性小说。

六

你说:"你到底在做什么啊,索尔伦?快停下来!你吓到我了。"

对,我的确有过这种"超感应"的体验,而且相比于现在,当时出现得更为频繁。可是,当你的灵魂或是你的幽灵替身总是比你早半小时回到家里,还有当我前一晚做了预言性的梦,并且在次日早晨得知梦境成真时,我心中的一种观念就越发成熟:我们人类确实拥有一个自由的灵魂,我指的是,超脱于我们当下所栖居身体而独立存在的灵魂。

然而,对于自己"尘世过客"的命运,仅凭这一点,还不足以让我释怀。我失声痛哭,而你勇敢地选择和我共同承担。九月的一天,我又一次发作。你还记得吗,那天我们说好,听完爱德华·贝耶[①]教授关于亨里克·韦格兰[②]的文学讲座后,相约在索菲斯·布格[③]礼堂外见面,你想尽一切办法安慰我,最后你说了一句:"今晚,你会成为剧院咖啡馆的女王。"

其实我们根本负担不起那里高昂的消费,好在不久前我们刚拿到学生贷款,于是我们在那里消磨掉一整个下午。我甚至还要了两份甜点!你是那么温柔贴心。可你的疑心也越来越重。我能感觉到你态度的冷淡。虽然你和我从未起过正面冲突,不过在认知方面,

---

[①] 爱德华·贝耶(1920—2003),挪威文学史家、文学评论家,曾担任奥斯陆大学教授。

[②] 亨里克·韦格兰(1808—1845),挪威作家、辩论家、历史学家和语言学家。其诗歌尤为著名。虽然英年早逝,但在挪威文学史中具有重要地位。

[③] 索菲斯·布格(1833—1907),挪威语言学家。曾担任奥斯陆大学教授,以他名字命名的礼堂位于奥斯陆大学内。

你正在有意无意地变成一个犬儒主义者。你的痛苦指引你走上了这条路，然而，我的痛苦却指引我走上了另一条路，一条希望之路。

对我而言，心灵感应、超感视觉或灵视早就是真实存在的现象。我听见了你的脚步，可你却未曾现身。然后过了半个小时，你真的就出现了！

等我们发现那本书的时候，我心中早已铺就了孕育的土壤。所以几个小时后遇见越橘女的时候，我其实并非毫无准备。这条路，我已经走到了尽头，总该能找到一个解决方案，一种救赎……

斯泰因，你觉得人是什么？当看着自己的双腿和手臂时，你会冒出这样的念头吗：那层薄薄的皮肤下面，就是纯粹的血肉之躯吗？你曾试着想象过，自己的肠道和胃长什么样子吗？我指的是从内往外看。可那是你吗？你会将哪里定位为你主体的锚点，一个会说话、会思考、会做梦的真我？是胆囊还是脾脏，是心脏还是肾脏？或者，在你肠道内的某一段？还是说，我们应该在灵魂、在精神、在真实的存在中找寻锚点定位，因为其他的一切，不过都只是钟表的嘀嗒声或沙漏的沙粒罢了？如果你问我的话，我觉得它们不过是泥和沙。

现在让我们回到三十年前，我们在那家木结构旅馆住的倒数第二晚。就是那晚之后的次日早晨，旅馆主人的女儿要去银行办事，拜托我们腾出半小时，帮她照顾三个女儿。

六

那晚我们喝了苹果白兰地，本打算不久就回房睡觉，但后来我俩又去台球室转了一圈，打了一局开伦台球。那三颗象牙做的台球如今仍然摆在绿色桌毡上，想来也挺怪的。让人不禁好奇，这些年来，它们彼此碰撞过多少次呢？

旅馆的台球室同样也是图书馆和酒吧，结果在我拿下十分，你拿下八分后，我俩就走到书架前去看了会儿书。看书是我们每天傍晚的习惯。书籍的范围相当有限，可能是经过了筛选，而且看着相当有年头了。大部分书都和地理、地质或冰川有关。但就在这种情况下，仿佛心有灵犀一般，我突然发现了这本《灵魂之书》。它于1893年在克里斯蒂安尼亚①出版，当时这家古老的旅馆只不过才落成短短两年时间。这本书是从法语翻译过来的，法语原版的题目是 *Le Livre des Esprits*，早在1857年就已经在巴黎出版。

那是我们遇见越橘女的前一晚。在台球室的时候，我们已经翻开了那本书，我还给你读了几句。后来，我们把书拿回房间，完全沉浸其中，饶有兴致地相互朗读其中的段落。尽管编者是一个有血有肉的尘世凡人，但这本书的内容其实是来自灵界的启示宣言。未亡之人通过降灵会接收到的亡灵的信息，都被收录进了这本书里。我记得那天晚上读完之后，你把书放在床头柜上，然后对我告白："对我来说，游荡在天花板上的十个灵魂，都不如搂在怀里的这个女人。"当时已经是深夜时分，我承认，自己心甘情愿地沉醉在你的甜

---

① 奥斯陆的旧称，为纪念丹麦－挪威国王克里斯蒂安四世（1577—1648）而得名，该名称沿用至1925年。

言蜜语之中。

但自从那时起，我的心中就播下了种子。在之后的几个星期里，我变成了一名唯灵论者，确切地说，是基督教的唯灵论者。这成为我的信仰、我的慰藉、我心灵的宁静。

第二天下午，我们就遇见了越橘女。想来的确有些奇怪。可话说回来，一旦我们对某样东西敞开胸怀，也会得到同样开放而坦诚的回应。事实上，你不也这么认为吗？

如果所有窗户紧闭，任何鸟儿都飞不进屋子。它们只能一头撞向玻璃窗。

一个人，如果体验过幽灵替身、心灵感应、超感视觉或预言性的梦这类现象，就会豁然领悟到：除了暂时栖居的肉体外，我们还是灵魂，属于一个全然不同于物质的范畴。对我而言，距离走上相信灵魂不灭的这条路，已经不再遥远。

奥斯陆那边的情况如何？你睡了吗？

没有，我刚读完你的邮件。现在快要凌晨两点了。你还在电脑前坐着吗？

嗯。

简直难以置信。看来你的确找到了救赎。你找到了办法，拯救

六

自己惶恐不安的灵魂……我简直太羡慕你了,因为我还站在你的新信仰之外,浑身瑟瑟发抖。

可我还没有完全放弃努力,我想要和你一起体验这种感觉。相信我,斯泰因。总有一天我会说服你的。

你尽管努力好了,我是不会阻拦的。或许我也未必完全相信自己的这种泛神论。不过现在,我们还是上床睡觉吧……

好,现在我们就去睡觉。没想到,这一次你居然肯为了我做出让步。

晚安!

晚安!
还有一件事。明天我会空出一整天的时间,打算把三十多年前的事情经过仔仔细细地梳理一遍。现在我先去睡上几个小时,然后争取一早就起来。邮件我会分几次发给你。既然你能完整地回顾整个宇宙的历史,那我俩其中的一个也有义务记住三十多年前所发生的一切。可以吗?我们两个是否都已经做好心理准备,能够平心静气地谈论往事?

我们应该抓住这次机会。当年我们曾向对方保证过:永远不要旧事重提。但或许，我们应该将彼此从沉默的诺言中解救出来。

你知道，我一晚上都坐在这儿喝什么吗？

苹果白兰地！我在这儿都能闻到它，发酵过的苹果味……

厉害！看来你确实天赋异禀。你先好好睡一觉。明天早上我等你的邮件。

你也睡个好觉！

七

  1976年5月末的一个下午，我站在克林舍公寓卧室的窗前。那天天气宜人，我开了窗，尽情呼吸着春天的甜香气息。我不知道沁人心脾的究竟是新一年绽放的芬芳花香，还是去年落叶腐烂的甜酸味，但肯定不是树上冒出的新芽散发出来的味道。所以我判断，那气味应该来自湿润的土壤——它们经过秋冬的酝酿变得肥沃，正在孕育蓬勃的新生命。我看见喜鹊在低矮的树枝间跳跃，一只野猫上蹿下跳地想要把它吓跑。这幅场景让我联想到多年前，我在外叙拉埋葬的那只燕子，生命短暂的强烈感触又一次涌上心头，我绝望于自己的渺小和无助，于是又一次发作。先是眼泪在眼眶里直打转，伴随而来的是一阵剧烈的头痛。然后我失声痛哭，喉咙里发出悲怆的呜咽。你立刻意识到出了什么状况，我听见你快步走进卧室，从《比利牛斯山的城堡》那张海报前迅速经过。你还没来得及触碰到我，我已经匆匆转过身，面对着你。我啜泣着，或许大声地说了一句："总有一天，我们就不在了！"然后我又落下泪来，内心渴望着你的安慰。你陷入了纠结和思考，或许你最终得出的结论是：如果提议绕着松恩湖走上一两圈的话,这次恐怕敷衍不过去。你将我拥在怀里,等了一分钟才开了口。当时你说的每一个字我都清清楚楚地记得。你还是惯常的姿态:和我面对面站着,左手拨弄着我的头发,右手抚摸着我的脊背。拥抱恋人的方式有很多种,那是属于你的一种。

你说:"现在,快把眼泪擦了,我们去约斯特谷冰原滑雪。"

半小时后,我们就开着车出发了。车顶架着我们的滑雪板,后备厢里放着我们的登山背包。上一次我们的疯狂行动,还是前一年夏天前往哈当厄高原体验穴居人生活。如今随着白昼变长,太阳早早地高悬在空中,又到了一年中的冒险季。我爱这个季节。我爱这些疯狂的冒险!

我的情绪很快就好转了,甚至还没开到苏里赫达格的时候,我就已经兴奋雀跃起来了。你也一样。当时的我们是多么幸福啊,斯泰因!我说,世界上没有人能像你我一样,彼此默契,心意相通。我们从十九岁开始就生活在一起,整整五年时间几乎形影不离,而现在,我们已经开始展望老去后的生活。如今想来是多么令人伤感啊!我们当时是那么年轻,人生才刚刚开始。一晃已经过去三十多年了。

我们开的是一辆红色大众,向北朝着桑德沃伦行驶的路上,我们开玩笑说,我们不仅是一对恋人,还是一对盘旋在云杉顶端的燕子,能够俯瞰下方的红色大众。你记得吗,我们真的好像从空中看见了自己,一辆车顶架着滑雪板的红色大众,正赶在六月到来前的

七

最后几天,在如画的风景中穿行。我们都清楚,这颗星球上最融洽的一幕,就发生在这辆红色大众里。当初为了攒钱买下它,我们两个打了两年的暑期工。

汽车驶过克勒德伦湖畔和哈灵河谷①的时候,我们两个已经提不起谈话的兴致——所有话题我们都聊过了!——经过布罗马湖②的时候,我们就那么静静地坐着,有一两分钟的时间不曾开口。可我们看到的是同样的景色,实在没必要交流看法。一次,我们甚至沉默了四五分钟之久,两个人一句话都没说。后来我们其中一个冷不丁地扑哧笑了一声,另一个也跟着笑了起来。于是我们两个又开始天南海北地聊天。

我们不停地往前开,海姆瑟达尔和西挪威终于近在眼前。经过海姆瑟达尔的最高点时,我们看见道路右侧的空地上停着一辆外国牌照的黑色半挂式卡车。在之后的一个星期里,那辆卡车成为我们数次提及的话题。又开出几千米后,我们注意到前方步行的一个女人,和我们一样正往山里走去。你先是喊了一句:"快看!"接着又问:"你看到了吗?"

当时已经是深夜了,在这个时间点,一个女人在荒郊野外独自行走,看着未免有些古怪。我们之所以没停下来问她要不要搭便车,是因为她并没有靠着路边走,而是选择了右侧的一条小径,距离公路有两三米远,而且她整个人全神贯注,步伐坚定执着。她身穿一

---

① 布斯克吕郡的一座河谷,从克勒德伦湖延伸到霍达兰郡和松恩-菲尤拉讷郡边界,面积约 5800 平方千米。
② 布斯克吕郡的一座湖泊,属于哈灵达尔河的一部分。

件灰色的衣服,肩上披着一条玫红色的披肩,在蓝色夏夜的映衬下,简直就像一幅画。那一幕场景宛如电影片段,至今仍清晰地浮现在我眼前:一个披着玫红色披肩的女人,正迈着轻快的脚步走向高山。不,斯泰因,她是要翻越高山。她和我们一样,也在前往西挪威的途中。你刻意放慢了速度,当汽车从她身边驶过时,我们都侧过脸瞥了她一眼。之后的几天里,在回忆这个女人的相貌时,我们的描述完全一致。我们的原话是:"一个较年长的女人,一个中年妇女,肩膀上披了一条玫红色的披肩。"我们还说她看着已经五十多岁了……

斯泰因,你醒了吗?你也是一大早就起来了吗?今天,在我坐在黄色房间里给你写邮件的这几个小时里,你必须陪在我旁边。三十多年前,我们曾向对方保证:对于在山上发生的一切,永远不要旧事重提。但现在,我们已经解除了当初的约定。

我在。现在天刚蒙蒙亮,可我已经做好一杯双份意式浓缩咖啡,坐在厨房里了。我一收到你的邮件就打开读了。今天一天我都会这么做,并且一直在线。过一会儿我就带着笔记本电脑去办公室。这么早出家门,在我印象中还是头一回。贝丽特还在睡,我给她留了张字条,说我今天醒得特别早,而且醒了就睡不着。我跟她说,学校那边有很多事要忙。

你继续吧,我已经开始紧张了。你的记性比我的好多了。

七

　　经过海姆瑟达尔最高点的时候,你一直忧心忡忡,担心我们到旅馆的时候已经没有床位了。后来我们从那个披着披肩的女人身边驶过后,你又心血来潮地说"想要你"。开始你只是用半开玩笑、半认真的口吻,就那么随口一说,但渐渐地,你越来越大胆,越来越坚持,就好像要尽义务一样,让我忍不住想笑。后来你拐上一条岔路,沿着小溪边的林荫道往里开了几米。当时外面很干燥,我还以为你心目中的地点是树林中的那丛帚石南。但天气很冷,况且你脑子里幻想的完全是另一幅场景。你啊你。也不知道是为什么,反正你非要在那辆红色大众的窄仄空间内完成各种高难度动作。按照你的说法,想象中那些画面的冲击力太过强烈,你实在没法抵抗诱惑。你先是说了一句:"我只是个人。"我斜眼瞄了你一眼,你的眼珠滴溜溜地转了转,然后补充了一句:"我只是个男人。"

　　半小时后,我们开车重新回到公路上,你猛踩油门往前冲。饱和的激情成为最好的助推剂,我们仿佛射出枪膛的子弹,在空中飞驰。向着高山,前进,前进!我们留意到,这条公路正是52号国道,说来有趣,我们两个都是1952年出生的。你当时说了一句:"这就是我们出生年份的公路嘛。"当然这句话没准儿是我说的。

　　反正不管怎么说,因为我当时还没拿到驾照,所以一直都是你在开车。可能已经是午夜了,但到了每年的这个季节,天都不会完全黑。白天的时候还挺暖和的,但毕竟进了深山,气温显著地降下来,而且四周雾蒙蒙的。如果换作深秋,在漆黑的深夜里,车头大灯照射出去,山脉的轮廓反而会看得更清晰一些。而现在,一切只

比利牛斯山的城堡

是蓝幽幽、昏沉沉的。唯一的例外就是远处地平线上一道明亮的光。我当时应该就提了一句。反正之后几天里，我们还聊到过那道亮光。

开到位于分水岭兼两郡[①]交界的埃尔德勒湖边时，我们在朦胧之中，突然看见引擎盖前出现了一个摇曳的红色物体，紧接着传来砰的一声闷响，我们身上的安全带跟着绷了一下。你立刻降低了车速，或者说，车速被迫降低了。但几秒后，你又一次猛踩油门，逃离现场，之后的五分钟里，我们两个一句话都没说。那难道不是最大的谜团吗，斯泰因？当时你在想什么，我又在想什么，谁知道呢？或许我们两个什么都没想，我们吓得魂飞魄散，大脑一片空白。

开过那片狭长的水域后，迎面驶来一辆白色面包车，朝着东挪威的方向奔驰而去，你用颤抖的声音说了一句："我们恐怕撞到人了！"

我们应该是不约而同地想到了这一点，因为当时我脑海里也冒出了同样的念头。你猛地转过头，看着我，而我只顾着拼命点头。

"我知道，"我说，"我们撞上了那个披着玫红色披肩的女人。"

我们已经驶过了布雷斯特伦的山间木屋，眼看就要拐上通往西挪威的第一个发卡弯。你在弯道前一个急刹车，然后掉头开了回去。虽然你一句话都没说，但从你僵硬的肩膀和紧张的表情中，我能读出你的心思：或许她需要帮助，或许她身负重伤，或许这个人已经被我们撞死了……

---

① 指松恩－菲尤拉讷郡和布斯克吕郡。

七

　　几分钟后,我们回到了雾蒙蒙的事发现场。车停稳后,我们两个赶紧跳了下来。空气中透着一丝凉意,微风轻轻吹着,可是一个人影都没有。车头右前方的大灯已经完全碎裂,你还从路面和路肩上捡回一些玻璃碎片。我们环顾四周,你突然指了指通往埃尔德勒湖的一条下坡道——就在距离汽车和国道几米远的地方,一条玫红色的披肩轻飘飘地搭在帚石南花丛上。披肩看着干净整洁,就好像刚从某个女人的肩头飘落下来一样。它迎着微风轻轻招展着,仿佛一个鲜活的生命,让人不敢伸手触碰。我们不停地张望着,夏夜呈现出完全的静谧和幽蓝,目光所及之处,根本捕捉不到任何人形轮廓。唯一突兀的就是那条玫红色的披肩。你又捡起几块车头大灯的碎片,然后我们逃也似的驶离了现场。

　　我们又一次被吓得魂飞魄散。你手握方向盘,脚踩油门踏板的时候整个人都在发抖。我们虽然一句话都没说,但彼此的灵魂纠缠在一起,从某种程度上说,我们仍能清楚地了解对方的想法和感受。

　　在接下来的几个小时和几天时间里,我们对事情的经过进行了仔细的复盘和分析,但其实坐在红色大众里的时候,我们就已经心知肚明:我们撞上了那个肩上披着玫红色披肩的谜一样的女人。就在我们去小溪边享受鱼水之欢前不久,她曾短暂地出现在我们的视野之中。后来,我们就给了她致命一击,然后逃离了现场。

　　她所留下的唯一痕迹,就是那条玫红色披肩。所以我俩都猜测,她应该被撞倒或撞死在了路边,被过路司机发现后抬上了白色面包车。对于她的消失,在我们看来,这是唯一合理的解释。当时还没有手机,我们只能胡乱猜测,假设各种可能性:到达海姆瑟达尔后,白色面包车的司机好容易看到一家农场，赶紧停车求救，同时还打电话通知了警察并叫了救护车；要么他干脆一脚油门踩到底，以最快的速度将这场超速驾驶事故中的受害者送往古尔的医院。又或者，我们悲观地想，白色面包车的司机已经没有猛踩油门的必要了，因为在52号国道旁边发现那个女人的时候，她已经完全没有了生命迹象。司机一脸凝重地小心驾驶着白色面包车，直接去了海姆瑟达尔地方警察局，在将死者移交给警方的同时，还特别提到了迎面驶来的一辆红色大众。

我们继续朝着西挪威的方向前进，又一次经过布雷斯特伦，来到不久前掉头折返的那个发卡弯。你突然一个急刹车，停在悬崖旁边，然后命令我赶紧下车。你当时冲我大吼道："出去！快出去！"

当时你整个人几乎可以说是暴跳如雷。我以为你因为心生怨恨而迁怒于我，所以也不敢违抗你的命令，只能解开安全带下了车。我哭着喊道："斯泰因，斯泰因，你要做什么？你要把我一个人扔在这儿吗？"我在错愕中甚至想道：他要把我杀了吗？以此除掉唯一的目击证人？没准儿他之前就杀过人……这时，只听一阵发动机的轰鸣，你猛踩油门冲向悬崖。你该不会打算在失控中自我了断吧？我又一次哭喊起来："斯泰因！斯泰因！"可汽车只是撞上了悬崖边的一块大石头，随即停了下来。你果断地跳下车，确认车头左前方的大灯也已经撞得粉碎，保险杠完全变了形，几乎皱成一团。

我脱口而出："你这是干吗？"

你甚至没有抬眼看我，只是冷冷地说："我们的车就是在这儿出了点小状况的。"

七

你拿出从湖边捡来的玻璃碎片,放在新撞落的碎片旁边。你那专注的模样,就好像在拼合拼图的最后几块。

当时已经是半夜了,气温降到了最低点。我一度担心汽车无法发动,好在它开起来没什么问题,只是有点轻微的嘎吱声。一切都说得通了:我们由于太过疲劳导致精神不集中,直接撞上了大石头。而那块石头之所以被放在发卡弯旁边,就是为了防止我们这样毛手毛脚的小年轻,一个疏忽连人带车从几十米高的悬崖坠落下去。

下山经过博尔贡的时候,我们两个又被吓了一跳。那座古老的木板教堂仿佛一出恐怖舞台剧的布景,冷不丁地从朦胧的晨曦中浮现出来。教堂周围环绕着一座座古老的墓碑,其中一座墓碑前还点着蜡烛,在昏暗的夏夜中摇曳着光,那光也是玫红色的。

我们沿着莱达尔河行驶的时候,天色已经渐渐明亮起来。那天早晨,天色越是明亮,我们两个就越是惴惴不安。抵达莱达尔的时候,几乎已经是大白天了,可我俩都觉得,现在去找住宿的地方,不是太早就是太晚,未免形迹可疑,况且我们实在没勇气开着那辆破车招摇过市,于是我们一鼓作气开完了最后几十千米的路程,抵达了雷夫斯内斯的渡轮码头。第一班渡轮要好几个小时后才会到,码头上就只有我们一辆车。我们放平靠背,闭上眼睛,努力让自己睡上一会儿。但在内心深处,我们早已认命。我们其中一个说,我们是到不了峡湾对面的,警察肯定会抢先一步行动。在渡轮出现,接走我们之前,我俩可以说是无路可逃。虽然那个女人死了,无法做出指认,可是白色面包车的司机亲眼看见了一辆车顶架有滑雪板的红色大众,没几分钟,他就发现了那个倒在路边,受了重伤或已经殒命的女人。总之有一点是可以肯定的：警察随时可能出现。

话说回来，她为何会在深更半夜出现在荒郊野外呢？那一带没有村庄或聚落，甚至连捕鱼或狩猎的小木屋都没有。她的穿着打扮也不是特别讲究，身上的衣服完全不像是专业的登山服或冲锋衣。

那个女人是谁？我们能肯定她确实是独自一人吗？还是说，和她在一起的还有其他同伴？或许她在参加某种活动。开过海姆瑟达尔的最高点时，我们不是在路边看见一辆黑色的半挂式卡车吗？或许其中另有隐情……

由于神经过度紧张，我们根本就睡不着。我们都害怕亮光，只好闭上眼睛躺着，就像在小伙伴家留宿的孩子那样，小声说着悄悄话。我说："从你的立场看，我们的自驾之旅不过是在一颗围绕太阳运行的小小星球上移动了两三度而已。"你赶忙补上一句："银河系里有成千上万颗星星，太阳只不过是其中一颗罢了。"我们就这样你一言我一语地聊着。我们自以为惊心动魄的经历，不过是浩瀚大海中的一个涟漪。我们必须拓宽视野，试着转移焦点。但这一次，我的眼里不再噙满泪水，我不再绝望地哭喊"总有一天我们就不在了"之类的话。事到如今，再怎么说、再怎么做都于事无补。我们顾不上悲伤，就算有过悲伤，也已经被内疚取代。我们的过失，可能导致了一个人的死亡。这个念头太过可怕，我甚至不敢深究下去。可它始终萦绕在我的脑海中，挥之不去。我们夺走了一个人的生命！当时我还无法接受这样残酷的现实：总有一天，我自己也会从地球

七

表面消失，从这个庞大的宇宙中消失，从一切的一切中消失。还有从你的身边消失，斯泰因。对，总有一天，我也会从你的身边消失。

我记得，自从在渡轮码头边熬过了那个脆弱的早晨后，之后的几天里，我们就很少再提及"被我们撞飞的那个女人"，也不曾以其他任何形式直接讨论所发生的事情。如果被迫谈及这个话题，我们会用"那件事"含混地带过。不过，你开那一段山路的速度的确很快，刚经过一个平缓的下坡后，你迫不及待地一脚油门踩到底，将红色大众的性能发挥到极致。在海姆瑟达尔的山区，我们很可能撞死了一个女人。这是事实，是我们一直回避躲闪的事实。从我们回到奥斯陆的那一刻起，整个旅程的这一部分就被刻意尘封起来。如此一来，我们还如何能够一起生活呢？一起生活，就意味着一起聊天、一起思考、一起玩闹、一起欢笑，当然也意味着同床共枕、亲密无间。

不过关于越橘女的话题，我们从一开始就进行了开诚布公的讨论。也正是因为她，我才能在时隔多年后的今天坦荡荡地承认这一事实：我们在海姆瑟达尔的山区撞死了一个人。放心，等一会儿我还会重新讲回那位神秘的越橘女。但这一次，我打算严格按照时间顺序讲述一切。

你呢？你进办公室了吗？

是的，就在十几分钟前，我在家登录了邮箱，收到你今天发来

比利牛斯山的城堡

的第一封邮件。我读完后就把它删除了。

你记得的细节比我多多了。唯一让我觉得有些夸张的地方,就是你强调说,在事发的时候我们就已经心知肚明,我们撞上的那个女人不仅仅受了重伤,甚至可能当场丧命。其实,她也许只是受了轻伤,比如一条胳膊骨折之类,然后坐在白色面包车副驾驶的位置上回到海姆瑟达尔。不过那件事情的发生的确很戏剧化,你的描述让办公室里的我又身临其境地重温了一遍。

你说要等会儿再聊关于越橘女的话题,这我同意。关于她,我肯定会提出一些和你有分歧的观点,不过你肯定早有准备。

有分歧的观点!我简直可以闻到你那边的学术气息了。对了,那边是什么样的?我指的是你的办公室……

我坐在一间长方形办公室内,位于数学教学楼——也称尼尔斯·亨利克·阿贝尔[①]楼,算是布林登校区典型的格子间。书架上、办公桌上、地板上堆满了学术报告和期刊论文。不过今天,我几乎完全忽略了环境的平庸。阅读你的邮件时,感觉就好像和你身处同一个房间,甚至坐在同一辆汽车里,听你娓娓道来。请继续吧。你刚刚说到,我们把车停在松恩峡湾的渡轮码头。

[①] 尼尔斯·亨利克·阿贝尔(1802—1829),挪威数学家,毕业于克里斯蒂安尼亚大学(今奥斯陆大学)。他提出了阿贝尔定理,发表了学术代表作《一元五次方程没有代数一般解》。

七

凌晨四点的时候,东方就泛起鱼肚白,太阳很快升了起来,可我们始终紧紧闭着眼睛,继续喁喁细语。我们彼此遥想,数千年以前也好,一年前的哈当厄高原也罢,石器时代的生活是多么安定。而经历过那一夜的体验后,就连最近一次的石器时代生活,都让我们有种遥不可及的恍惚感。我们梦想着回到一年前的那些漫漫长夜,我们两个躺在洞穴外面,仰望夜空。我们的目光正在穿越漫长而遥远的距离,直抵宇宙的中心。若干光年之外无数针尖般的亮点,骤然和我们产生亲密接触,的确让人猝不及防。我们从视觉上感觉如此迫近的星光,其实来自距离遥远的天体,它们已经在宇宙中飞驰了成千上万年,经过不断的吸收和削减,最终触及我们的视网膜,从此进入另一个空间维度,展开另一段冒险之旅,它们穿透感官的面纱,直抵灵魂深处。一天晚上,月亮出来了,它起初像一把窄而锋利的镰刀,然后一夜一夜地不断膨胀,最终用银色的光泽洒满了哈当厄高原和整个苍穹。那无疑是一种解脱,我们得以在夜晚再次注视对方的目光,双眼和灵魂也得到暂时的休息,不必像之前几天的夜里那样,穷尽一切遥望深不可测的星空。

我们就这样躺在红色大众轿车里,回忆着石器时代、宇宙和我们遥远的过去。整个过程始终双眼紧闭,因为我们在体验夜晚,我们决定携手共度这些夜晚,直到警察或渡轮的工作人员将我们唤醒。听见峡湾深处传来渡轮的汽笛声,我们意识到夜晚即将落幕。我俩的其中一个不得不匆匆回忆起宰杀羔羊的那一夜,夜空中出现的宏大流星雨。那场面实在太过壮观,让人目瞪口呆。短短的两三分钟里,我们就数出了三十三颗流星。可我们都看傻了,完全没有心思去许下九十九个可能实现的愿望。后来我们饱餐了一顿烤羊肉，还留了一些，准备之后几天再吃。至于愿望？我们已经拥有了彼此，这就够了。

渡轮开始横渡峡湾。船上的工作人员皱着眉头打量了一番车头，然后向我们投来同情的目光。碰撞的痕迹和身体的皮外伤一样，一眼就能看出伤口的新旧程度。我们当时在心里嘀咕：目击证人好像还私下讨论过这个问题。那时，挪威广播公司就已经推出了每小时的要闻播报。这一点我们是知道的。我们不知道的是，船上的工作人员在驾驶舱里都听到了什么。

不过我们还是平安无事地在凯于庞厄尔上了岸，开着车一路向西驶往海拉。我们打算从海拉上船，搭乘渡轮前往约斯特谷冰原之行的起点——菲耶兰。当时还没有互联网，好在我们带了一本《挪威出行指南》，经过查询得知，我们必须抓紧时间，才能赶上第一班开往菲耶兰的渡轮，否则就要在海拉等上半天。不过很快这一切就结束了——我们在赫曼斯沃克和莱康厄尔之间被警察拦了下来。逃了这么远，我们还是被抓住了。

停在路边的总共有两辆警车，其中一辆还闪着蓝光。我还没傻到相信这一次我们也能轻易逃脱——整个车头的惨状再清楚不过地说明，我们曾卷入怎样的状况。当时已经是大中午了，虽说那个年代还没有手机，但几个小时前，警方应该已经接到报案。执意在悬崖边精心伪造出不在场证明的人是你，可是，当警察示意我们靠边停车时，也是你以不容分说的口吻大声宣布："认栽吧。他们说什么

七

我们都承认。"

我拼命点头,你还在自顾自地往下说:"听着,我们当时慌了神儿,乱了方寸,就这么简单。"我又拼命点头。斯泰因,我已经筋疲力尽、心力交瘁,整个人遭受了毁灭性的打击。我所珍爱和信任的一切都遭到了践踏。自从在山上出了意外,我已经没有别的想法,只能跟着你的思路走。

结果证明,那只是虚惊一场。警察不过在做例行检查而已。我们甚至都不用下车。我内心求之不得,因为我不确定自己是否还能站得起来。虽然当时是星期一早上,警察却并未要求我们进行呼气式酒精检测。最后,他们只是开具了一张警告通知单,要求我们在十日内修好车头大灯,还安慰说,到时候我们已经回到奥斯陆了。在例行检查过程中,两名警察始终态度和蔼、礼貌热情。尽管夏季的夜晚几乎接近白昼,警告通知单上还是清楚地写明:车头大灯修好之前,禁止夜间驾驶。

斯泰因,警察不允许我们夜间驾驶,我们确实照着做了,因为这个要求也确实不过分……

我们在渡轮出发前赶到了海拉。海拉和雷夫斯内斯一样,是典型的乡下,当地只有一个渡轮码头,连小卖部都找不到。我当时特别想吃巧克力,想得快要发疯。距离渡轮从旺斯内斯开过来还有半小时的时间,我们只能聊滑雪板的话题来分心。我们达成一致意见:把红色大众停在海拉。因为我们要去的地方几乎没有公路,带车过去毫无意义,况且它现在的样子也实在没有炫耀的价值。可滑雪板

比利牛斯山的城堡

怎么办？

想必你和我一样，对这一切仍然记忆犹新。但这一次，我必须以连贯的方式讲述整个故事。当时我们理性而冷静地对话，仔细权衡着利弊得失。

我们应该就此返回吗？在海拉的灰岩岬角边，我们最终达成共识：就算为了对方，也应该前往约斯特谷冰原。那是我们原定的目的地，也是对彼此做出的承诺。就算还会出现变数，我们也应该找个落脚的地方，钻进暖和的被窝蒙头大睡。至于警察找上我们，是一两天还是三四天之后的事，谁都说不好。我们只知道，那也就是时间问题，最多几天，案件就会水落石出。我们也都亲眼看见了，渡轮上的工作人员是如何打量车头上的新鲜碰撞痕迹的。更何况我们还曾停下车，接受过警察的例行检查。总之，我们一致认为：剩下的只不过是一些协调和调查方面的手续，那一天迟早都会到来。不过停留在海拉的半个小时里，我们已经确定：滑雪穿越冰原是不可能了。我们没有那么冷血，在出了这种事之后还有闲情逸致游山玩水。我们要阅读报纸，收听广播，还要随时保持警觉，这是必须做的。我们之前听说，约斯特谷冰原旁边有一家颇具传奇色彩的木结构旅馆，我们不妨去那里住几天，这样一来，滑雪板就留在海拉好了。哎，不行，目击证人描述的是，一辆车顶架有滑雪板的红色大众，况且现在还是五月底的非滑雪季！这太冒险了。再说了，真到了那边，我们该如何介绍自己的身份呢？最合理的说法还是冰川旅行者。

我们心里隐约有种预感：无论这件事情的结果如何——我指的

七

是警方调查层面——我们两个的关系已经受到严重的冲击。在此之前,我的焦虑症会不时发作,而你偶尔也会多喝两杯,但除此之外,我们在生活中几乎从未产生过摩擦。直到在埃尔德勒湖畔,撞上肩上披玫红色披肩的女人的那一刻,我们的关系首次陷入危机。对,危机。可现在还不是分开的时候。或许是明天,或许是后天。但不是现在。

或许在一切结束前,我们应该共同拥有最后的几个小时甚至几天的美好时光。

如此一来,穿行于狭窄的峡湾分支内的渡轮之旅几乎成了愉快的享受。渡轮一路北上,朝着壮阔的冰川行驶而去。自然景色给人的冲击力是如此强烈而震撼,连带着我们的心境都发生了改变。那仿佛是某种释放,又像是水坝突然决堤。我们又恢复了说说笑笑。你还记得吗,我们完全沉浸在自由自在、无忧无虑的角色之中。我们摇身一变,跻身最伟大演员的行列。当然,整夜未眠或许对演技有所助益,但更重要的是,我们仍然坦诚而自由地厮守在一起——至少未来的十二小时、二十四小时,甚至四十八小时都会如此。我们简直就是《雌雄大盗》[①]里的邦妮和克莱德。我们习惯了独来独往,就像我之前说的,我们为自己搭建起一个魔幻般的前哨站,从而得以冷眼旁观一切。而现在,我们更是沦为亡命之徒。时隔三十多年,

---

[①] 根据真实案件改编的犯罪题材电影,于 1967 年上映。影片讲述了二十世纪三十年代美国经济大萧条时期,女服务员邦妮和无业游民克莱德因为犯下抢劫银行等一系列罪行,成为一对令人闻风丧胆的雌雄大盗,引起了极大的社会恐慌,二人最终被警方击毙。

比利牛斯山的城堡

我们不难承认,当时的我们已经完全融入角色,陶醉在玩世不恭和愤世嫉俗之中。

抵达旅馆之后,我们只是含混地说打算住上几天,具体多久还没决定。可既然带着滑雪板,我们只好硬着头皮说打算去冰原上滑雪,为此还上过专门的课程。你还提到了黑冰冰川[①]……

可我们只能够共度几天而已,就你和我两个。这或许是我们最后的疯狂。我们不是谎称自己新婚吗,当时,《非婚同居法》才不过废除了四年,直到我们住在一起的第一年里,我们仍有可能因非婚同居遭到举报并受到惩罚。

总之我们要求住最好的房间,理由是有特别的事情值得庆祝。我记得当时我们编造了一些关于考试的借口,其实倒也没错。我刚刚通过宗教史的期中考,而你则顺利拿到了物理学的学分。

要求住最好的房间不成问题,当时还没到旺季,旅馆给了我们顶楼的那间房。我不知道在叙述中提这一句是否合适,斯泰因,不过今年夏天,旅馆给我和尼尔斯·佩特安排的恰恰就是那一间。重回那个房间的感觉太怪了——特别是和他一起。我和尼尔斯·佩特住的房间和三十多年前我和你住的刚好是同一间,要说这件事纯属巧合吧,我也不太确定。这和神秘主义无关,房间是他订的,而他是一个既有韧性又很细心的男人。这次去书市,你占用了我几乎所有时间,他为此耿耿于怀。因为我和他之前憧憬过,翻遍所有的书摊,

---

[①] 挪威诺尔兰郡两座冰川的总称,总面积约 370 平方千米,由西黑冰冰川和东黑冰冰川组成,是仅次于约斯特谷冰原的挪威第二大冰川。

七

把年轻时来不及读的那些二手书都买回家。不过我应该在邮件中告诉过你,在回家的路上,他的心情就阴转晴了。

那天上午,在旅馆前台办理入住手续的时候,我们提出了一个有些冒昧的要求,但也是无奈之举。我们先是问房间里是否有收音机,在对方给出否定的答复后,我们又厚着脸皮要求借一台便携式的晶体管收音机。这么做未免太大胆了些,可我们的信息实在少得可怜。我们谎称你是学法律的,习惯追踪时事热点。我说,是关于西德,还有巴德尔和迈因霍夫集团的。

就在几天前,乌尔丽克·迈因霍夫被发现死于斯塔姆海姆监狱。我不知道自己怎么会突然扯到这个,可能是我觉得我俩的处境多少有点安德里亚斯·巴德尔和乌尔丽克·迈因霍夫这对亡命鸳鸯的意思。你当时狠狠地瞪了我一眼。

不过我们总算如愿得到了最好的房间和晶体管收音机。我们拥有专属的半圆形阳台,可以尽情饱览冰川和峡湾的美景,甚至还能看见旧轮船码头上的两家商店。但那天上午进了房间后,我们只是赶紧打开收音机上了床。我们几乎可以肯定,收音机里所有的消息都和我们有关,所以连时间都没顾得上看。在睡意汹涌袭来之前,我们总算调出了准点播报频道,收听到国内外的新闻:挪威国会通过一项议案,将男性服兵役的最低年龄从二十岁调整为十九岁;德国哲学家马丁·海德格尔[①]因病去世;等等。但没有任何关于山区车

[①] 马丁·海德格尔(1889—1976),德国哲学家,20 世纪存在主义哲学的创始人和主要代表之一。

祸的新闻。

信息的匮乏对我们造成了巨大的困扰。从前我们在家里的双人床上边喝香槟边开读书研讨会时，最让人记忆犹新的，莫过于陀思妥耶夫斯基笔下的拉斯柯尔尼科夫。我们也像他一样，备受良心的折磨，渴望被揭穿身份，甚至被质疑或被审判。但我们很快就睡了过去，我记得好像连收音机都没关。直到傍晚的时候，我们才醒过来。

我是被你的哭声惊醒的。现在是你在哭泣，换我来安慰你。我伸出手臂放在你的胸前，亲吻着你的脖颈，试着轻轻摇晃你。

过了一会儿，我们又坐在床上听起了收音机。我们全神贯注地聆听每半小时一次的新闻播报，可一无所获。时间一晃到了晚上七点，距离在海姆瑟达尔山区发生的意外已经过去了大半天。或许那不是意外，而是一起残忍的汽车谋杀案，身受重伤或已经丧命的受害人被丢弃在现场，冷血的凶手驾车逃逸，既未报警，也未呼叫救护车。"今天，案发现场一带已经部署大量警力……"可是没有，完全没有类似的报道。此时，我们置身松恩峡湾分支的尽头，坐在旅馆的房间里，内心像明镜似的：完全沉醉于男女情爱的欢愉之中的我们，在撞上了那个披着玫红色披肩的女人后迅速逃离了现场，继续我们的西挪威自驾之旅。她的披肩还留在了事发现场。我们在事发现场确实发现了她的披肩。想必是那位白色面包车的司机收拾了残局。可他难道没有第一时间报警吗？

这到底是怎么一回事？电台广播里为何对此只字不提？为什么

七

要故意隐瞒真相？其中必然是有原因的。可是，能有什么解释呢？警方为何不公布他们所掌握的情况？那个穿着灰色衣服、披着玫红色披肩的神秘女人，大半夜在山上做什么？她为何偏巧出现在那一带？莫非她涉及了某项军事或间谍任务？我们该不会在无意间发现了某个关乎国家安全的惊天秘密吧？

作为一个想象力过于丰富的人，我忍不住开口问："我们真的能确定，撞上的是个普通人吗？"电台里没有播报任何寻人启事，警方也没有要求目击证人提供线索。难道她是个"外星人"，一名来自外太空的不速之客？当天夜里，地平线上曾出现一道明亮的光。我当时就提过一句。我和你说："你看，天边有一道亮光。"

我们百思不得其解。受害者的身份是什么？如果她不是"外星人"或是妖魔鬼怪的话，作为肉体凡胎必然会受到伤害，而必然也会有人设法查明肇事者的身份，为她伸张正义。我们试图站在警方的角度进行犯罪侧写：毫无疑问，肇事者应该是一名男性，因为在类似情况下，女性往往不会采取逃逸的方式。说不定，警方或监控部门出于某种考虑，决定在核实肇事者身份后，再将整个事件公之于众。

那辆红色大众仍然停在海拉。我们要自首吗？如果给警方打一通匿名电话提供线索说，渡轮码头停放着一辆有明显碰撞痕迹的红色大众，我们大概就不必再纠结了。那辆车应该已经被警方登记为可疑车辆。

这一系列自问自答的假设所造成的混乱状态，最终衍生出一个经过冷静权衡的全新愿景。率先打破僵局的人是我。我当时说："亲爱的斯泰因,我们已经在一起生活了五年,然后突然就倒了大霉,这次我们确确实实做了一件蠢事。你也知道,撞了人之后开车逃逸不是一个明智之举。但话说回来,被撞到的那个女人,无论现在是死是活,我们都帮不上任何忙。反正就剩最后这几天了,我们干吗不尽量开开心心的呢?"

"天狼星!"我恳求道,"还有仙女座,斯泰因!"你立刻就领悟了我的意思,那是我们在雷夫斯内斯渡轮码头边聊过的话题。

我是在为我们两个争取最后的机会,而你相当配合。于是,我们开始了美好时光的倒计时。我们先冲了个澡,半小时后,我俩已经坐在壁炉前喝起了开胃酒。旅馆里没有金力起泡酒,不过倒是有加了柠檬的斯米诺伏特加。

吃过晚餐,我们又端着咖啡回到壁炉前。从那一刻算起,在之后的一整个星期里,我们都时刻牢记广播电台的节目时刻表,而且每晚十点之前,一定赶回旅馆房间收听新闻,可依然没有任何相关新闻。

关于我们共度的最后一周,我无须赘述细节,想必你记得很清楚,况且上次见面时我们也有过讨论。我们每天都会进行长途远足。第一天,我们艰难地跋涉穿越舒普赫勒山谷,一直走到舒普赫勒冰川冰舌的位置。你还记得那天的事吗,斯泰因?我们在舒普赫勒冰川旁找到一家名为约迪斯小木屋的温馨歇脚点,吃完巧克力蛋糕,买了几副他们自己织的手套后,我们在河边的苔藓里发现了什么,你还记得吗?第二天,我们从旅馆借来两辆自行车,将霍普山谷和

七

博雅山谷玩了个遍。在博雅山谷里，我们在十八世纪形成的冰碛上坐了好几个小时，注视着冰川瓦解。

每次出门前，我们都会带上那台便携式的晶体管收音机。一次，我们经过前台的时候，一个名叫莱拉的工作人员指了指收音机，不无讽刺地问了一句："又是巴德尔和迈因霍夫集团的事？"

我们假装没听见。可一切依然毫无进展。邦妮和克莱德这对亡命鸳鸯，在穿越山间的途中究竟犯下了怎样的滔天大罪，似乎已经没人在乎了。我们两个乐在其中，反正多赚一天是一天，能多快活一个小时都好。至于长远眼光，我们是没有的。

我们进行了反复讨论，做出各种假设：会不会有人故意设下圈套，让那个女人被车撞死，然后第一时间清理了现场？这么想固然会减轻我们的负罪感，但同时也让我们觉得多少受到了蒙蔽和利用。没准儿她就是在我们经过那个路段时被人推到路上的。当时天刚蒙蒙亮，可我们什么都没看见，然后冷不丁地，引擎盖前面就冒出来了一个红色的物体。等再次返回现场时，我们也没留意寻石南花丛里是否有人。还是说，在汽车撞上之前，她就已经死了？为什么就不可能？对，怎么就不可能呢，我们只看见"引擎盖前的一个红色物体"，这一说法多次出现在我们的对话当中，我们并没有真正看见她本人，只不过注意到了一条迎风飘荡的玫红色披肩。或许，有人早已结束了她的生命，只是需要安排一场意外事故来掩盖罪行而已。又或许，她早已躺在路边，要不是肩上那条玫红色披肩，就算撞击的力度足以震碎车灯玻璃，我们也很难发现她的存在……

她是外国人！过了一阵子，我俩又找到了新的突破口。难怪没有人报告她失踪,再说了,经过海姆瑟达尔的最高点时,我们不是还看见了一辆外国牌照的黑色半挂式卡车吗?事后回忆起来,我俩一致认定那是德国牌照的车。斯泰因,之后你就拐上了那条林荫道。

说不定是黑色卡车的司机把她接走了。没准儿白色面包车和黑色卡车之间有什么关联。当时正值半夜。秘密交易一般都在半夜进行。

我们开始胡思乱想:一辆来自东挪威的德国卡车,里面是一名五十多岁的中年妇女(很可能是信使),而负责接应的,是一辆来自西挪威的白色面包车……可无论我们的想象力多么丰富,整件事还是毫无进展……

你还在吗?

在。我猜你应该会花很长时间写邮件。除了等待你的邮件,我今天几乎没做什么事情。我就像笼子中的困兽一般,来回踱着步,等待着你发出信号,我是指笔记本电脑的邮件提示音。这间办公室大概也就九平方米吧。不过我现在已经慢慢地冷静了下来,开始解决一些实际的问题。我已经清理了小山似的一堆纸张和论文,这属于五年才完成一次的事务性工作。我能感觉到自己被一种焦虑不安的情绪牵扯。不过你继续好了,千万别因为我的不耐烦而有压力,按照你自己的节奏叙述就行。

真相大白的日子似乎遥遥无期,由于生活在不知道还能侥幸多

七

久的紧张氛围中，我们在一起的最后一个星期过得格外充实和紧凑。但从某种程度上说，这种不确定性也让人如坐针毡。到了最后一天，我们其中的一个干脆以"一周的宽限期"来定义这段时间。纵使心存感激，我们还是会带有一丝期待地畅谈，对于邦妮和克莱德这对亡命鸳鸯的最终落网，西挪威会做出何种反应。我们聊到了报纸可能刊登的报道，我们还讨论了头条新闻的标题。我们从来没设想过逍遥法外的可能，全身而退，就当什么事都没发生过，这种结局根本不在我们的考虑之列。如果当时我们就能意识到，这场事故将成为一个未解之谜，和我们相伴终生，那我们又会作何感想？这一点我已经无从得知，但也不排除一种可能性，就是我们惊慌失措，甚至恐惧到不知道该怎么办。毕竟，自始至终都不知情才是最让人无法忍受的。快要过去一个星期了，广播新闻里只字未提关于发生在海姆瑟达尔山区的惨案——一个女人在隘口被车撞死，并且被无情地丢弃在事发现场。

斯泰因，请你告诉我，那个女人到底是谁！！！

在向旅馆主人解释说明时，我们遇到了一个小问题：我们为什么没像之前说好的那样，去冰原上滑雪？你说我不太舒服，谎称我有偏头痛的问题，我在一旁配合地点了点头。自从肇事逃逸之后——甚至还可能将一名重伤或死亡的受害者留在了现场——撒谎就变得轻而易举了。我假装来了例假，然后我们说，还要再等上两天。但其实我根本没来例假。你或许觉得奇怪，为什么我今天偏要提这件事。我只是想告诉你，在我们的生活里，并不存在因为生理期而扫兴的事，我也从没有过偏头痛。我们两个总是行动一致，而且从来都很合拍。所以，你把一切问题都归咎于我，这种做法未免太残忍了。

一天，和蔼亲切的旅馆主人半开玩笑半认真地问我们是不是在逃避什么，或是不是离家出走了。你还记得我们是怎么回答的吗？我们两个摆出一副玩世不恭的样子，说，我们逃离了一切责任，远离尘嚣，躲开俗世纷扰，隐身在这世外桃源。她满脸狐疑地打量着我们，欲言又止。这让我们多少有些不自在，于是你的口吻尖锐起来，反问了一句："这里不是一个旅游胜地吗？"

那场对话发生在我们去吃早餐的路上，所以吃饭的时候，我们都觉得，是时候该离开了。倒不仅仅因为旅馆主人的那些好奇和质疑，引起我们离开最重要的原因，其实还是再次回到事发地点。据说，很多罪犯都会回到犯罪现场，而我们的理由十分充分：我们必须仔细查看，确定是否遗漏了任何线索。至少，我们要看看那条玫红色的披肩是否还在。

除此之外，当然还有别的原因。那天早上，我醒得比较早，等你起床的时候，发现我正靠在一张旧躺椅上，专心致志地阅读我们从台球室借来的那本书，前一天晚上，我们还摘选片段大声朗读来着，就是那本被你戏称为"招魂启示录"的《灵魂之书》。你当即勃然大怒、暴跳如雷。虽然不能完全确定，但我总怀疑你坚持当天离开，其中一个目的是将我和那本书拆散。其实在我们退房之前，那本书就应该还回台球室的书架上。但我趁你不注意，悄悄地把它塞

七

进了自己的背包,直到回到奥斯陆后才拿出来。

那天早晨,准备打包离开之前,当我们穿过旅馆大堂,走到露台上,眺望着峡湾和欧洲山毛榉的时候,旅馆主人的女儿——也就是现在的旅馆女主人——过来问我们,她上午要去趟银行办事,能不能帮忙照顾一下她的三个小女儿。说来也怪,在这个位于峡湾分支尽头的小村落,居然有一家西挪威银行的支行。对此我们欣然应允。她的三个小女儿都很可爱,和我们也都很熟悉了,最小的一个大概只有两岁。而且近几个月以来,我也很认真地在考虑是否停用避孕药。对于旅馆主人的信任,我们充满感激,毕竟,有谁会让邦妮和克莱德帮忙照顾孩子呢?我已经记不清具体的原因,总之几乎整个上午,我们都在照顾那三个小姑娘,而且我们表示,借了这么久的晶体管收音机和自行车,帮这点小忙也是应该的。当然这么说也没必要。我们在旅馆里已经花了不少钱。我们算是很大方的客人,佐餐的红酒、餐后的咖啡一样不少。况且他们还有苹果白兰地,斯泰因!你的记忆完全正确。至少,当年在大城市外的家庭小旅馆里,这种苹果白兰地还相当罕见。不过自从诺曼底的自驾之旅后,我们就爱上了它。二十世纪七十年代中期,挪威的酒类专营店里是否已经进口了苹果白兰地,我已经记不清了。总之在正常情况下,它的价位已经远远超出了我们的预算。不过在这峡湾分支的尽头,在冰河时期凿刻出的纵深沟壑之中,我们每晚都会开怀畅饮苹果白兰地。

这样一来,我们在旅馆就又多住了一晚。临时看护任务中午就结束了,于是那一整个下午都归我们所有。我们几乎走遍了这个峡湾村庄的所有角落,附近的几座高山也都登了顶——次日一早,膝盖肯定有感觉。但奇怪的是，我们还没看过旅馆后面山谷里的小木屋。菲耶兰一带，我们也就只有那里没去了。只要汽车还停在海拉，没被警方扣押调查的话，第二天一早我们就会往回赶，反正朝着东挪威的方向一直开就是了。当然能不能顺利成行，现在也说不好。我们还剩下一次远足的机会，目的地就是山间的小木屋。天气好极了，自从我们到了之后，几乎就没下过雨。

我们打包了午餐，用保温瓶装了热茶，然后就向蒙达尔山谷走去。就在几个星期前，你和我才刚从那里回来。对于同一地点相隔三十多年的两次经历，我知道你都还记忆犹新。不过现在，我打算把全部印象原原本本地写下来，迫使你重新审视当时所发生的一切。

我们经过最后一个农场——左边是一座红色的谷仓，右边是一片射击场——沿着风景宜人的蒙达尔河的右岸继续走了一大段，来到一片夏季牧场。每年五月到九月间，牲畜都会被赶到这里放牧。夏季牧场刚开张没多久，满地都是牛羊的粪便，我们只好在碎石子路上左闪右躲地跳着走。

我们沉浸在快乐之中。时间已经过去了一个星期，我们不知道自己未来的命运如何。就算发生在海姆瑟达尔山区的那场意外不会对我们的前途造成影响，但也已经为我们打上终生的烙印。这一点我们很清楚。我们只是不知道，该如何带着那段共同的记忆生活下去。我们仍然有说有笑，和从前别无二致。同时，我们略带伤感地意识到，这是最后一天坐拥天堂——也就是我们的"情欲角落"。当然了，充满情欲的并不是地方本身，而是过去的一个星期里纵情恣意的我们。

七

徒步过程中,你一直在对我动手动脚。一次,你还提出了进一步的要求,而且是来真的,绝不是说说而已。你缠着我说,现在整个山谷都是我们的,再说欧洲赤杨也是个不错的藏身处,况且天气也暖和。可我坚持先去找小木屋。我还轻飘飘地补充了一句:"我倒要看看,你能不能撑到那个时候。"那句话我记得很清楚,因为你一脸受挫的表情。不过后来发生的事情,导致你在之后的几天甚至几个星期里彻底崩溃。事实上,从那以后我们再不曾亲密过。我们在对方眼里已经变成了陌生人。

言归正传。就在夏季牧场几百米开外的地方,在路边左侧的沟里,生长着一簇繁茂的指顶花,学名叫作毛地黄。它修长的枝茎上绽放着一朵朵玫红色的花朵。我听说,那些叶片吃下去是会毒死人的,可我也听说,如果入药的话,它们也能救人一命。玫红色的花朵宛如一只只小铃铛,看着莫名诱人。我挣脱你的手,跑过去轻轻触碰它们,然后冲你喊道:"过来呀!"

我俩对着指顶花端详了没多久,注意力很快就转移到了路的右侧,向下延伸的缓坡上是一片白桦树林,黑白交错的树干之间露出了一小块林间空地,空地上长满了嫩绿色的青苔。就在空地的中央,赫然出现了一个身穿灰色衣服的女人,肩膀上还披着玫红色的披肩,披肩的颜色和指顶花的一模一样。这一幕场景在之后的数年里常常会浮现于我的脑海之中。

她专注地凝视着我们,露出一抹微笑。斯泰因,她就是我们在海姆瑟达尔山区撞上的那个女人。那感觉就好像,她被一只无形的大手置身于风景之中，只为了和我们见上一面。她是谁？她来自哪里？对于这些疑问，今天的我已经有了清楚的答案。但是等等，我们一步一步来！

事后回忆起来，我们对自己的所见达成了共识。我们一致认为，一周以前，我们驱车经过海姆瑟达尔最高点后不久，在国道旁两三米远的地方看到的独自而行的女人就是她。她肩上披的披肩，就是飘落在湖畔花丛间的那一条。而且她们本来就是同一个人。我和你的分歧并不在于我们亲眼看见了什么，而在于我们亲耳听见了什么。对于这一点，当时我们只觉得奇怪，并且大感不解，而现在，我也已经有了一个合理的解释。

那她到底说了什么？我记得清清楚楚，她转过身来，对我说道："你是曾经的我，而我是未来的你。"可你却坚称，她说的是另一句话。既然我们反复确认过，我们的所见完全一致，可所闻却相去甚远，岂不是令人疑惑？你斩钉截铁地表示，她直勾勾地盯着你，然后说："小伙子，你真该吃一张超速罚单。"

从语音上严格说来，这两句话根本就不应该混淆，而且在语义和内容上也完全没有相似之处。先是"你是曾经的我，而我是未来的你"，然后又是"小伙子，你真该吃一张超速罚单"。她对你说的是一句话，对我说的又是另一句话。她为什么要给出双重信息？她又是如何使出这一绝技的？那是当时最大的谜团。你先别急……

如今，我可以确定，那位"肩上披着玫红色披肩的中年妇女"

七

就是被我们撞死的女人,她是从另一个世界来看望我们的。确切地说,她是来安慰我们的!她的脸上带着笑容,要说那是温暖的笑容或许有些言过其实,毕竟"温暖"和"冷酷"都是尘世色彩浓厚的字眼,但至少,她的笑容没有邪恶的意味,而是透着俏皮、轻快和淘气。不,那是一种召唤,斯泰因。她在说:"来吧,来吧,来吧!根本不存在死亡。尽管来吧,来吧,来吧!"然后她逐渐消失,最后彻底不见了踪影。

你扑通一声跪倒在地上,双手掩面,失声痛哭。你不愿看着我的眼睛,我只好俯下身,再一次轻轻摇晃你。

"斯泰因,"我说,"她已经走了。"

可你还是哭个不停。其实我自己也很害怕,毕竟当时我还完全没有信仰,但因为要照顾身边这个大男孩,恐惧什么的也就顾不上了。

然后你一下子跳起来,开始朝山谷上面一路狂奔。你没命地往前跑,我只能努力跟上你的脚步,生怕让你离开我的视线。很快我们又再次并肩而行,就这样走了好一会儿,我们才开始谈论刚才的遭遇,心情的激动程度不相上下。

当时,我们都还没有定位各自的立场,只是相互询问、讨论、权衡利弊。但我俩都认定,刚才那个出现在白桦林中的女人,就是我们在海姆瑟达尔最高点看到的,然后开车撞死的那个。在我看来,撞人这件事已经尘埃落定,再没有值得怀疑的余地。当然从你的角度出发,你极力辩解说:"她不仅活了下来,而且活得很好。"

比利牛斯山的城堡

你惊魂未定地问了一句:"她是怎么找到我们的?"你害怕她一直尾随我们。你说:"说不定她也住进了同一家旅馆,晚餐的时候没准儿还会碰到。"你的恐惧和担心越来越多地着眼于现实层面的物质世界。我自己所认定的立场则和你的渐行渐远。我不认为她会住进旅馆,也不认为我们能在晚餐时和她偶遇。我说:"她已经死了,斯泰因。"你看着我,眼神飘忽。于是我继续说道:"有可能,她并不是一路跟来的,而是早就在那里等候我们了。她来自另一个世界,斯泰因。"你盯着我,目光是那么无力,那么无奈。

是的,我是很无奈。因为我意识到,我们两个已经渐行渐远。一个已经死去的人,竟然会活在另一个世界,而且还能找上我们,我当时就不相信,现在也不相信。而你相信。但现在,我已经能够尊重你的信仰,可见三十多年来,我还是有所改变的。不过你说得对,当时的我还做不到这一点。

你继续说好了。我认为你的回忆和叙述非常真实。

我在九平方米的范围内踱来踱去,折腾了将近一个早上,情绪变得越来越焦躁。现在是中午十二点,我必须得调整一下,而且我已经想好要怎么做了。

现在就请写下最后一章吧。我已经预感到它的大致模样。因为在你突然崩溃、不告而别回到卑尔根之前,我们曾经有过热烈的讨论。我保证,今天结束前会做出回复。

七

在找到山间的牧羊人小屋后,我们都同意,暂时先搁置所有解读和诠释,尽可能地回顾事实。第二天我们还有很长的路要开,而且还必须跨越松恩-菲尤拉讷郡和布斯克吕郡之间的分水岭。难道不该趁热打铁,在记忆犹新的时候,对所经历的事情统一看法吗?

我们都同意——是我先蹲下去,触摸那些玫红色花朵的。接着你走到我背后,先是拨了拨我的头发,然后也蹲下身去,碰了碰指顶花。再后来,我有点记不清,路的另一边是不是传来了声音,反正突然有某样东西吸引我们转过身去。就在这时,白桦树环绕的林间空地上赫然出现了一个女人的身影,她站在青苔上,披着玫红色的披肩,照我的说法就是,"活像童话故事里的越橘女"。"越橘女"是我生造出的词,它既是一种充满逃避意味的修辞手法,也成为言语上的一根救命稻草,拯救了两个濒临崩溃的灵魂。在之后的很多天里,我们都能继续讨论关于越橘女的话题,直到三十多年后的今天仍然如此。在当时,我们不可能泰然自若地承认自己遇到了鬼魂或幽灵,或是宣称亡灵向我们现身。要知道,那可是二十世纪七十年代中期,乌尔丽克·迈因霍夫在斯塔姆海姆监狱内自缢也就是十几天前的事。那一年,挪威出版了《珍妮被炒了鱿鱼!》(*Jenny har fått sparken!*)[①]、《永不放弃!》(*Stå på*)[②]、《进入你的时代》(*In I din*

[①] 挪威作家兼翻译家托里尔·布雷克(1949—)创作的小说,讲述了女性工人和雇主之间的冲突。
[②] 挪威作家托尔·奥布雷斯塔(1938—2020)创作的小说,讲述了工人阶级的斗争和挣扎。

tid)①、《铁十字勋章》(*Jernkorset*)②、《军事行动》(*Felttoget*)③ 和《涂鸦》(*Graffiti*) ④。不过还是有观点认为，我们正在迈入一个全新的时代，我们正处于一个转折点，站在"水瓶座时代⑤"的门槛上。

当时，我刚开始出现唯灵论的倾向，而你站在针锋相对的唯物主义立场，狂热地寻找可能的解释，并且从中衍生出一个令人啼笑皆非的理论。一开始我们不是都达成共识了吗，越橘女和我们在海姆瑟达尔山间看见的是同一个人。然后有一天，你突然改口说："我们不妨把它当作一部电影来看，或是当成一本犯罪小说来读！"我饶有兴趣地听你接下来如何自圆其说。结果你说："白桦林里的那个，和海姆瑟达尔山顶上的那个，没准儿是一对双胞胎……"

这么说来，耶稣能够在水面行走，说不定是加利利海⑥的海面上结了一层冰的缘故！

下山返回旅馆的途中，再次经过那个地点的时候，我们始终手

---

① 挪威作家兼记者西居尔·埃文斯莫（1912—1978）创作的历史回忆录。
② 挪威作家约恩·米什莱（1944—2018）创作的关于反纳粹和反新纳粹题材的小说。
③ 瑞典作家兼记者拉尔斯·维丁（1924—1994）创作的系列历史小说的第四卷，主题是关于十九世纪初瑞典所卷入的战争和面临的军事威胁。
④ 挪威小说家兼剧作家奥拉·鲍尔（1943—1999）用笔名约·芬特出版的处女作，聚焦于被遗弃的儿童和家庭冲突。
⑤ 新时代运动的一个关键概念，源于占星术的黄道十二宫。一些占星学家认为，从一个占星时代过渡到另一个占星时代将带来宗教和科学范式的转变。随着水瓶座时代的到来，人们更重视心灵和环保，将科学、玄学、哲学和宗教的观点相融合，从而解释生命运动的现象。
⑥ 以色列最大的淡水湖。在基督教中，耶稣的许多神迹都发生于此。

七

拉着手,而且走得很快。但我们已经约定好,绝不可以惊慌失措、乱了阵脚。其实我们两个的内心同样恐惧。你表面很镇定,没有拔腿就跑,但为此付出的代价却要我来承受:你紧紧攥着我的指关节不放,导致我的手一连疼了好几天。我记得那天晚餐时,我们喝了红酒。我们太需要喝酒了,以至于喝完一整瓶后,我们又要了半瓶。不过我也记得,自己几乎拿不动酒杯,因为你把我手中的力气全都榨干了。

我还记得那晚的情形,斯泰因。现在轮到我来诱惑你。我表现得相当露骨,一心想要抓住这唯一的机会。如果无法成功,我们两个就再也无法回到过去了。我使出浑身解数,用尽一切技巧勾引你,换作几个小时前,恐怕你早就被迷得晕头转向、欲火焚身了。可你始终不为所动。出于和我同样的原因,你对自己深感失望,而且你肯定也设想过未来,所以没一会儿你就喝得醉醺醺的。吃完晚餐、喝完一瓶半的苹果白兰地之后,我们又带了一瓶白葡萄酒回到房间。可我连碰都没碰。你记得那晚是怎么结束的吗?我靠着床头,你靠着床尾,我的脚就搁在你的脸旁边。一次,我还试探地伸出脚趾,碰了碰你的脸颊,但被你推开了。你的力度倒不大,也没有恶意,但态度很坚决。一开始的几个小时,我们都睡不着,就这么躺在床上,而且知道对方也醒着,同时假装自己睡着了。最后我们真的睡了过去,至少你睡得很沉。你身体里的酒精浓度那么高,清醒状态很难维持太久。

我感到懊恼、后悔。在遇见越橘女之前,为什么没有在欧洲赤杨后面满足你的愿望。我知道,或许我们从此将各奔东西,而我已

比利牛斯山的城堡

经开始想念你。

相比于跨越千山万水、远隔重洋的思念,同床共枕、近在咫尺的思念反而更加痛苦和强烈。

旅程就此结束。渡轮驶出峡湾的过程中,我们一直在客客气气地聊天。我们就着咖啡,吃了几包西挪威特有的薄脆饼干。内斯号靠岸后,我们扛着滑雪板,背着背包,走上海拉的码头,汽车还停在老地方,就好像被抛弃了一样,眼巴巴地盼着我们。可怜的车灯,可怜的保险杠。我心里这么想着,可能还说了出来。为了配合我,你当时也开了个颇具黑色幽默意味的玩笑。然后我们就开车上了路。

我们会在海姆瑟达尔的山上有所发现吗?当初离开现场的时候,我们是不是忽略了什么?我们系统性地搜寻过血迹吗?还有皮肤和头发呢?

但这并不是我们唯一谈论的话题。在当时的情形下,我们回家的旅途还算愉快。或许是因为我们意识到,那是我们最后一次的自驾之旅。我们已经开始基于一种结束共生后的考虑,重新构建和对方的关系。从此之后,我们再也不能心血来潮地跳上车就出发,血脉偾张地奔向新的爱巢。但我们的相处还算和睦,相敬如宾,彬彬有礼。

首先,我们必须穿越峡湾,然后再次经过莱达尔、湍急的河流和木板教堂。在经过悬崖边那个发卡弯的时候,我已经濒临崩溃。就在一周前,我还以为你打算在那儿结束我的性命,或者结束自己的性命。你把右手从方向盘上移开,伸过来搂住我的肩膀。这一举

七

动让我感到温暖。接着,我们又一次来到海姆瑟达尔的最高点。

我正朝着另一方向前进。我已经到了古尔,悄悄溜进佩尔斯酒店,连上了那里的无线网。我已经读完了你的上一封邮件,就在这里给你回信吧。

但我总觉得怪怪的,毕竟我不是这里的住店客人,只是一个过路人。我甚至有种很快会有人过来找我问话的感觉。以前,大家溜进酒店是为了蹭免费的厕所,现在是为了蹭免费的网络。

我只是必须再一次穿越那片山区。我差不多休息好了。到我下一次连上网之前,你应该有四五个小时的时间。下一次上网的地点应该就是那家旅馆了,我现在正往那里赶。我已经给前台打过电话,对方告诉我,旅游季节已经接近尾声,我很可能是今晚唯一的客人。

你要去菲耶兰吗,斯泰因?那我们可以在海姆瑟达尔远远地挥挥手。我们会在那里的某个地点擦肩而过,只隔了一米的距离和三十年的光阴……

埃尔德勒湖清冽明亮的水面再次映入眼帘,我注意到,你握住方向盘的双手和踩住油门踏板的右脚不自觉地颤抖起来。我们还是回到了这里。你将红色大众停在路边,我们走下车。在内心深处,我们两个仍然挂念着彼此,可是对往事的悲伤、悔恨和痛苦彻底切断了彼此之间情欲的纽带。你骂了几句脏话,听着粗俗不堪。我从来不知道你还会用这种字眼。我手足无措,只是低头啜泣。

可玫红色的披肩已经不知去向。按理说披肩的颜色应该很显眼才是，可我们找了好大一圈，仍然一无所获。莫非有人发现了披肩，把它拿走了？还是说，披肩不知被风吹到哪里去了？

一个星期前，当我们从地上捡起车前大灯的玻璃碎片时，心情究竟是如释重负，还是大失所望，我已经无从回忆。反正那不是我们凭空虚构出的情节。我们确实在这里撞过人，而且当时还有超速嫌疑。除了曾经出现的玫红色披肩外，我们没有在现场找到其他任何痕迹。没有血迹，也没有可能造成汽车剐蹭的石头或土块。

我们回到车里，继续前进。湖泊尽头耸立着一座状似糖包、造型奇特的山峰，你还对此发表了评论，就好像它也和越橘女的神秘事件有关似的。

下山穿过海姆瑟达尔的时候，我们谈论的内容仅限于来时的经历。我印象中是你先起的话头，就是在我们经过那条林荫道的时候——一个星期前，你执意要从岔路拐进去，不依不饶地缠着我就范。而现在，回忆起当时近乎疯狂的举动，简直让人无语。

我们达成了一项口头协议。在整个返程途中，我们都可以对这场致命的意外畅所欲言，可是一旦回到克林舍的公寓，对于海姆瑟达尔山间发生的一切，我们都要绝口不提，无论是在私底下还是在公众场合都不例外。所以自从回到奥斯陆以后，只要涉及发生在埃尔德勒湖边的事情，我们一概用"它"含混带过。我写的这几封邮件，无疑打破了曾经的约定。但要说这会招致新的厄运，我是不相信的。我之所以这么做，恰恰是希望带来好运。

七

玫红色披肩已经不在山上了，时隔那么久，要是还能找到反倒有点奇怪。不过我们必须实地见证才能确认这一事实，而且内心深处多少有些失望，因为如果玫红色披肩还在的话，就算已经破烂得不成样子，至少能够说明，白桦树林里的那个女人并非有血有肉的活人，而是一个向我们现身的灵魂。那样一来，我们需要面对的就是两条披肩：一条属于车祸事故中的受害者，另一条仍然披在越橘女的肩膀上。

一个星期以来，广播新闻中从未提及那场意外，我们两个因此不约而同地认为：白色面包车的司机必然承担了照顾伤者的任务。但对于她当时的境况，我们却有不同的看法。在你看来，根据她出现在白桦树林时的状态，说明她的伤势并不严重，而我得出的结论则截然相反。斯泰因，如果"来世"真的存在的话，她在白桦树林中的现身，恰恰说明她的确已经不治身亡。你的意思是，她被撞倒后或许很快就站了起来，然后让白色面包车捎了她一程。根据你的理论，她和那辆外国牌照的黑色半挂式卡车有所关联，所以后来在海姆瑟达尔下了车。为何新闻中始终没有报道那晚发生的交通事故，谜底由此揭开，而且解释得合情合理。但在我看来，披着玫红色披肩的女人在被抬进白色面包车时，不是身受重伤就是当场死亡，这一点毫无疑问。说来矛盾，我们在另一点上达成了共识：那个披着玫红色披肩的女人在被撞一周之后，就恢复原貌了。当然你指的是现实中的这个世界，而我指的是她目前所在的任何地方。

比利牛斯山的城堡

我们围绕时间点的问题展开了讨论。在你看来,如果我们只是稍微剐蹭了她一下,然后过了几分钟,一辆白色面包车恰好经过,非要把这两者扯上关系的话,岂不是有些勉强?说不定她站起身,若无其事地继续往前走了。那样的话,白色面包车司机根本没必要向警察报告说,自己途经 52 号国道海姆瑟达尔路段时,看见了一位中年妇女独自而行。

我说了自己的看法:"我们没找到她的一丁点儿痕迹,她就好像是人间蒸发了一样。就算我们只是稍微剐蹭了一下,她肯定也会火冒三丈,等走到有人住的地方后,她肯定会第一时间打电话报警,说一辆车顶架着滑雪板的红色大众差点把她撞死。"

相比于去程,回程途中,你握住方向盘的手明显沉稳了不少。你认真听完我的话,摇了摇头,做出自己的判断:"无论出于什么理由,她都不应该选择报警。你想啊,她深更半夜跑到山上做什么?如果是登山或者锻炼的话,一般人都不会选在那个时间段,况且前不着村后不着店的,还要翻山越岭,就为了呼吸几口新鲜空气?当然了,那时候天还没有全黑,外面也不是特别冷,但没有万不得已的事由,比如,别人交代了一件特别具体的任务,或者为了避避风头、躲开别人的眼线,等等,不然谁也不会出门。"

我一字一句地听完了,然后顺着你的假设往下说:"那你觉得,她在逃避什么?"

有那么四五分钟,你一直沉默地开着车。我们的交谈已经进入了一种全然陌生的新模式。我们已经不再是一对恋人。我们不再海阔天空地畅聊,不再说说笑笑。但我们依然友好融洽,彼此关心。

七

我们都在尽量为对方着想,但已经无法为我们两个争取到最好的结果了。

我又追问了一句:"她在避什么风头?又要躲开谁的眼线?"

你答道:"可能是停在路边那辆卡车的司机。他们之间发生了矛盾,于是她索性一个人往山里走,说不定她很熟悉那一带的地形。其实徒步穿过那个隘口也不难,东边和西边的两个山谷距离很近,几乎是背对背紧挨着,中间就隔着埃尔德勒湖。"

你看着我,似乎在恳求我为你的推理助一臂之力。你继续说道:"那个女人说不定刚犯了事,自己还惊魂未定呢。搞不好是桩血腥的谋杀案,没准儿一个长期虐待她的男人就死在了那辆外国牌照卡车的驾驶室里。她自保都还来不及,哪儿还有心思去报警?"

你天马行空的想象让我忍俊不禁,因为怕被你发现,我赶忙用手捂住嘴,可还是没逃过你的眼睛。你越说越起劲:"其实吧,她自己就是那辆卡车的司机。我们经过的时候,卡车的驾驶室就是空的。没过几分钟,我们就看见了徒步穿越山区的女司机。当时还是挺冷的,所以她还在外面加了条披肩。她不想暴露身份,所以故意和我们隔开好几米。她和白色面包车的司机约好了要低调行事。碰头地点就在分水岭,交接的货品肯定价值不菲,没准儿是几千克的违禁品,没准儿是一卷纸钞,没准儿他们一手交钱、一手交货。当然也可能,有大量的货品要空投下来,他们必须在原地待命。所以,她根本不想惊动当地居民或警方。后来,在被一辆红色大众撞倒之后,她说不定耿耿于怀,伺机报复。不过,如果沿着国道一直么走下去,顶多一个星期吧,肯定能在海拉发现我们的红色大众。那时候我们应该已经深入冰原,藏在峡湾分支尽头的一家小旅馆里。那里不通公路,反正卡车是开不进去的。她于是想方设法跟着我们,精心设计了一出恶作剧,也让我们吃吃苦头。"你还特意强调:"即使是恶作剧,也能毁了一个人的生活。只要想象力够丰富,有很多种办法可以让对方一辈子都不好过。"你在之前的邮件里不也提到过吗,一个阿拉伯男子企图通过巫术蛊惑一对夫妇离婚……

你越扯越远,我实在无法继续隐瞒自己的看法。于是我伸出左手,放在你的大腿上——我猜你应该会喜欢,况且我也知道,彼此之间这种亲密行为将屈指可数——然后我说:"斯泰因,那披肩怎么解释?如果她只是受了点轻伤,大半夜的,干吗要把那条玫红色披肩解下来留在现场?"

我不知道你是否全心全意地相信你所有的理论。你自己也说过,你不过是试着理性地进行思考。这当然没问题,斯泰因。但越橘女的特别之处不仅仅在于她和我们开车撞上的那个女人一模一样,还包括在我们触碰指顶花的时候,她在白桦树林里出现和消失的方式。那些指顶花就好像一只只玫红色的小铃铛,是那么饱满,那么生机勃勃。对于这一切,我已经发展出一套基于唯灵论的解释。而此刻,我是指驾车回家的途中——先是向南驶往古尔和内斯比恩,然后继续朝克勒德伦、索克纳、赫讷福斯和苏里赫达格行驶——这一路,你至少还能认真地听我说话,而且并非仅仅出于劫后余生的依赖和体贴。一切仍然悬而未决,而你的确大惑不解。前一天早上,趁你还没醒的时候,我拿出从台球室带出来的那本书读了一个小时,不

七

过对于这件事,我只字未提。就在遇见越橘女前的几个小时,我们才发现了那本书,你不觉得很奇妙吗?

我逐渐意识到,和越橘女的相遇完全可以视为幸运的征兆。对于生命,我们一直怀有同样强烈的感受,但也因为想到终有一天,生命必然逝去,所以怀有同样深沉的绝望。而现在,我们突然得到了启示:我们在尘世的经历不过是一个过渡阶段,而我们的灵魂能够一直延续并永存下去。越橘女露出蒙娜丽莎般的微笑,透着难以捉摸的神秘感,似乎在说:"来吧!让我们一同拆开这份神秘大礼。"直到今天,在写下这些文字的时候,我仍然很愿意以同样饱满的激情和你分享这份喜悦。无论怎样,都为时不晚。

此外,还有一些想法同样令人宽慰。披着玫红色披肩的女人已经脱离了悲惨和糟糕的处境,这一点难道不能减轻我们的罪恶感吗?诚然,我们人为缩短了她在尘世的寿命,在事发当时或者之后的一个星期内,她的肉体就已经宣告死亡——直到今天,想到这一点仍然让人心悸。但越橘女已经清清楚楚地向我们做出启示,她已经进入了另一个时空维度。她之所以现身,不正是出于这个目的吗?她原谅了我们,并且给予我们新的勇气,鼓励我们继续生活下去!她对我说的是:"你是曾经的我,而我是未来的你。"意思是:"别担心,未来的你也会和我一样,永远不会死亡……"而面对你时,她给出了宽容的答复:"小伙子,你真该吃一张超速罚单。"从她的视角来看——我是说,从她在另一个世界里获得的全新视角来看——你犯下的错误仅仅是违反了交通规则,只要还身陷俗世的泥潭，任何人都难以规避。那场车祸的严重性不过如此，因为我们的肉体终究是脆弱而短暂的存在，未来，我们都将进入一个更为纯粹和稳定的状态。

通过这种方式，她向我们传达了同样的信息。

从回到家里的那一刻起，我们就必须对山上所发生的一切三缄其口。但我们的心早已千疮百孔，只要我们还在一起，就无法摆脱羞愧和内疚的纠缠，无论是一起做早餐，还是给对方倒茶、倒咖啡，我们都会陷入那种折磨。

但我得出的结论是：我们之所以无法继续生活在一起，其主要原因并非内心作祟的羞耻感。我们是想要解决这个问题的。我们一度想向警方自首，简单直接地做个了断！当然，我们势必会接受惩罚，承受痛苦，但我们也会内心坦荡地相互支持，共渡难关。

你肯定没有忘记，在决定尘封一切记忆之前，我们的确做出过努力。最后，我们终于还是给警方打了通匿名电话，询问说，我们开车经过两郡交界处的那天晚上，是否曾发生过车祸？是否有人被撞伤？我们还解释说，之所以主动联络警方，是因为我们或许无意中成了某起事件的目击证人。警方将时间地点记录了下来，由于我们坚持匿名，就需要再打电话过去核实结果。过了两三天，我们鼓足勇气又打了电话，警方确认说，当天晚上该路段并没有发生过车祸，不仅是那天晚上，其他时间段也没有，海姆瑟达尔最高点的国道笔直平坦，能见度极佳。

我们突然意识到，所发生的一切都已经了无痕迹。这使得整件

七

事情在尘世的体现越发神秘,至今仍是一个关乎犯罪的谜团。毕竟我们两个都是亲历者,而且我们知道自己撞到了一个女人。显然有人处理了她的尸体,而且是警方以外的人。而且我越来越相信,那个女人去世了几天之后,我们曾与她的灵魂有过接触。

这就是我们之间无法逾越的鸿沟。我们有过共同的经历,得出的结论却大相径庭。我们之间的关系也因此出现了裂缝。从那时起,我开始阅读关于唯灵论的哲学著作。那本从台球室"借"来的书,我也一直留在身边。要是这本书再被你看见的话,我真怕你会劈头盖脸地把它砸过来。我也将很多时间花在了《圣经》的阅读上,我认为现在的自己算是一名基督徒。

耶稣曾在复活后向门徒显现,而我相信,那个向我们现身的女人,和显现的耶稣一样,都是某种魂灵。我们曾经讨论过这一点。相信耶稣在死去后,其死亡的肉身能够复活,这种信仰实在匪夷所思。我相信的是灵魂的复活。我和使徒保罗的观点一致,相信在肉身死亡之后,我们将以"灵性的身体"复活,生活在另一个时空维度,完全不同于我们现在生活的物质世界。

我找到了一个折中的方法,将基督教教义和我所谓"灵魂不灭"的理性信仰结合起来。就我自己而言,这不单单关乎信仰。那个被我们撞死的女人,我曾目睹了她时隔多日后的显灵,正如耶稣的门徒见到了"从死者中复活"的耶稣。耶稣的显现,正是为了向门徒展现怜悯和宽恕之心,从另一个角度看,也是为了给予他们希望和信仰。难道你不这么认为吗?

或者,不妨借用使徒保罗的说法来阐述:"既传基督是从死里复活了，怎么在你们中间，有人说没有死人复活的事呢？若没有死人复活的事，基督也就没有复活了。若基督没有复活，我们所传的便是枉然，你们所信的也是枉然。"

曾经的我，因为想到死亡的命运无可逃避而导致焦虑症发作，失声痛哭，而你为了安抚我的情绪，提议立刻开车出发，滑雪穿越约斯特谷冰原；曾经的我，因为想到尘世的生命有限，而深陷悲伤无法自拔，而现在，我却豁然开朗，找到一个足以慰藉的信仰，相信在尘世结束之后，还会有另一种永恒的生命延续下去。

之后的两三天里，关于你所谓"超自然"现象的各种书籍，将我们的小公寓塞得满满当当，其中有借的，也有买的。你大概没注意到，我还阅读了《圣经》。但这其实是你无法忍受的行为。我已经找到了新的方向，而你却并没有与我的方向一致的信仰。你将此视为一种背叛。我俩曾经基于共同信仰而组成了亲密的二人团体。而现在，随着我的离开，那个团体里只剩下你孤零零的一个。

这才是真正的因果顺序。我并不是因为你信奉无神论而无法和你继续生活下去。真的不是。我们分手的真正导火索，是你总是驳斥否定我新的信仰，长此以往，我实在无法容忍。对此，你丝毫没有留下回旋的余地，既缺乏宽容，又毫无怜悯之心。这么过下去实在太过折磨，所以我只能跳上那一趟下午开往卑尔根的火车……

三十多年后，这个故事又增添了一个新的章节。你端着一杯咖啡走到露台上，突然看见了我。有那么一瞬间，我仿佛也从你的视

七

角看见了自己,一种不安感油然而生。

现在,就请跟随我进行最后一个思维实验吧。对我而言,这很重要。因为这个思维实验能够反映出近一段时间以来始终困扰我的一个疑问。是的,斯泰因,我也会怀疑的。

现在让我们回到三十多年前,开车穿越海姆瑟达尔山区的时候,你不妨想象一下,假如,我们在汽车的引擎盖上安装了一台摄像机,如果在发生碰撞的前一刻,它忠实地记录下了前方的路况,那么今天的你,还能完全确定那个披着披肩的女人一定会出现在记录视频里吗?

你肯定觉得我的表述方式有些莫名其妙。但我所描述的正是一件离奇到近乎诡异的事。

我们所说的"越橘女",是一个来自来世的启示。但正如我之前提到的,我不确定我们是否能用摄像机将她的形象拍摄下来,或是用录音机把她说的话录下来。她是一个灵魂,来到尘世寻找两个有血有肉的活人。如果因此认为她已经"物质化",实在有失公允。毕竟,我们所听到的内容截然不同。她出现在我们面前,为你带来一种想法,为我带来另一种想法。从她口中说出的是两个不同的句子,然而她所传达的却是相同的信息。

那些和我们拥有类似经历的人曾留下不少记载和叙述,通过阅读,我已经有了合理的判断方向。有一点我必须特别强调:我们所生活的三维空间里的时间和空间,并不会对灵魂造成约束或限制,更不用说四维空间了。那么,什么才会束缚住灵魂呢?从我们的角度来看，或者说，从我们的尘世的肉眼看待这个谜团，我们无法确定，越橘女是已经进入来世，还是仍在去往来世的路上。她可能是一个灵异的先兆，至少我们不能排除这种可能，她仍存在于我们之中。

你现在一定在想：可我们的车的的确确撞到了她。我也一直认为，就算她没有当场丧命，之后的几天里也一定会因为伤重不治身亡。这就是我想提出的问题，斯泰因。我也因此产生一丝怀疑。有没有可能，在海姆瑟达尔山间的湖边，我们预先经历了某个未来的事件？我是说，一件注定发生却尚未发生的事？

可车头大灯的玻璃确实撞碎了，不是吗？而且我们系的安全带也绷了一下。虽然不算厉害，但的确绷了一下。我们肯定撞到了什么，哪怕撞到的是幽灵，这一点也毋庸置疑。

事发当时，我心里也犯过嘀咕：在那种状况下，我们的车居然只是受到轻微的损伤。况且你还能开着它继续赶路。如果撞上的是麋鹿或驼鹿，你还能办得到吗？

但没过多久，我们还是掉头回去，至少找到了那条披肩。这是事实。不过我可以老实地告诉你：时间过去了那么久，现在我也已经有些恍惚了，但警方明确表示过，那一路段并没有发生过任何事故。

为了确保所有的可能性都考虑了进去，我想最后总结的一点是：越橘女曾前后三次在我们附近现身。第一次是在海姆瑟达尔最高点的路边，第二次是在湖边，第三次在木结构旅馆后的白桦树林里。你说呢，斯泰因？

七

　　之后她就再也没有出现过，无论是你，还是我，都再也没有见过她。意外重逢那次，我们一有机会独处，就向对方求证了这一点。很显然，她是冲着我们两个来的。或许除了你和我之外，再没有第三个人见过她。

　　但愿我的总结陈词不至于太过折磨你。我会担心，由于我们观点的分歧，你会再次和我断了联系。或许你还是觉得我心智幼稚。但我知道，在你心中仍留有余地，对于我们共同经历的神秘事件，愿意更为坦诚和开放地进行解读——尽管随着时间的流逝，我们得出的结论存在着巨大分歧。我仍然记得事发当天我们的互动和交流，还有开车返回奥斯陆的一路上，我们心无芥蒂地畅聊。一直等到回到奥斯陆以后，我用那些书塞满了公寓，这时候你才真正开始反感我。直到三十多年后的今天，你还能记起当初是多么害怕和我独处。

　　但是，千万别让这封邮件成为我们之间最后的对话。别忘了，我们还一起当过穴居人呢。就这一点而言，我们也曾是直立人、能人和非洲南方古猿。我们生活在一颗生机勃勃的星球之上，一个神秘莫测的宇宙之中。这一点我不会否认。

　　我们身处其间的这个巨大谜团，答案未必只是流于肉体或物质层面。或许除此之外，我们还是不灭的灵魂，又或许那才是我们的核心本质。包括星辰大海、迷齿亚纲在内的其他一切，只不过是浮于表面的小玩意儿。即使是太阳，其所了解的知识也并不比蟾蜍的多，而银河系的认知水平恐怕和虱子不相上下。它们只能在划定好的时空内发光发热。

每每论述人类的进化历史，你首先提及的总是我们的身体和蟾蜍、爬行动物存在近缘关系。尽管从遗传学上说，原始脊椎动物和智人之间的确有所关联，但在我看来，人类和蟾蜍还是有着本质的区别的。我们不妨站在镜子前看看自己的眼睛。眼睛是心灵的窗户，也是灵魂的镜子。因此，在注视自己眼睛的时候，我们也在见证着属于自己的谜。一位印度的圣人曾说过："无神论意味着不相信自身灵魂的光辉。"

此时此地，我们既是肉身，也是灵魂，我们是两者兼有的存在。但我们必将比体内的蟾蜍活得更久。越橘女再也没有了血肉之躯，而是成为超脱于尘世的奇迹。但愿终有一天，你也能睁开眼睛，见证她所体现的神圣奥义。

当初我俩恣意纵情，一次又一次地缠绵缱绻，不知满足，不知疲倦，每每回想起来，我都会会心一笑。我们在峡湾分支尽头那个小村落共度的最后一周，被自动剪辑成了若干电影片段，深深地烙印在我的脑海之中。那些都是美好的回忆。我不会因为肉体的欲望感到羞耻。我从未回避过人类原始的本性，况且那也无关分手的原因。但今天我所喜悦和欣慰的是，自己能够成为更超脱、更持久的存在。

期待你的回信。

八

指顶花！你真是个天才，索尔伦！说不定你在浑然不觉间，已经破解了一个古老的谜团。但我必须从其他东西开始说起。

我又一次来到这里，就坐在我们曾经住的顶楼的房间里。就在不久前，我连上这里的网络，收到了你发来的邮件。我坐在那张旧躺椅上，将笔记本电脑搁在膝盖上，读完了你的结论部分。那种感觉既奇妙又痛苦。我不得不站起身，走上半圆形的阳台，贪婪地眺望着高山和冰川。至少，它们依然在，而且恒久不变。阅读完邮件后，我离开旅馆，朝着旧渡轮码头走去。我总觉得，说不定什么时候，我会在那里遇见你。时间是什么？一切仿佛一张二次曝光的胶片。我把你的邮件读了两遍，才按下了删除键。现在，我正坐在小桌子前给你回信。

今天一早我就去了办公室，像三十多年前那样，失魂落魄，不知道怎么办才好。我在之前的邮件里写过，那种焦躁不安的心情越

比利牛斯山的城堡

来越强烈,于是我决定临时上路,从古尔给你发了邮件。

我打电话给贝丽特,告诉她我正开着车翻山越岭,深入峡湾分支尽头的冰原。我会在这里待上一个周末,集中精力完成两篇论文,是有关冰川和冰川博物馆的。当然论文只是一个幌子,吸引我故地重游的当然另有原因,那就是你的邮件。反正我必须再过来一趟。我到的时候正赶上晚餐,我匆匆忙忙吃完,就回到房间打开电脑,然后收到了你最新的一封电子邮件,距离你按下发送键不过半小时而已。我带了满满一瓶红酒上来,不过现在,我面前的桌上只剩下了一只空酒瓶。

我是一个人来的。我是说,这一次,你应该不会一起来了。不过在经过收费站的时候,我脑海里突然冒出一个念头:说不定傍晚的时候,你会突然出现。于是我幻想着,我们坐在弧形的旅馆大堂内,喝着加了白兰地的咖啡。结果,这还是我第一次一个人坐在这里。或许我应该试着习惯起来,因为我已经爱上了这个地方,包括这个峡湾小村庄,还有这座古朴的木结构旅馆。

对了,自从开那辆红色大众以来,这还是我第一次自驾通过海姆瑟达尔山区。感觉挺特别的。因为从某种意义上说,我感觉自己一辈子就在这片山区里开来开去。三十多年前,我手握方向盘,日夜兼程地逃离了湖边,然后将车停在原来的渡轮码头,开始了一场漫无目的的末日狂欢。在莱康厄尔我们被警车拦停之前,我简直百分之百确定,白色面包车的司机就是目击证人,并且向警方举报了我们。

八

你叙述中的一些细节或许有待商榷，但对于大部分的结论，我都表示赞同。真实性自然不在话下，而且针对当时的经历和所目睹的现象，我们分别进行了解读和诠释，其中的微妙差别，你都一一点明。

从奥斯陆前往古尔，然后穿越海姆瑟达尔山区的一路上，我驾驶着新买的混合动力车，脑海里一直思考着你和你的唯灵论世界观。我才意识到，你的生命哲学明确犀利，而且逻辑连贯，前后一致。当然其中并无丝毫科学根据可言。请别误会我的意思，因为随着思考的深入，我豁然领悟，关于人类拥有不朽灵魂这类的信仰，其实任何自然科学都无法给予有力的驳斥。我们的意识究竟是什么？是脑部的化学反应，还有大脑所处的环境以及所受的刺激——包括我们称为"记忆"的一切，还是你以不容分说的口吻所论证的，意识是具有自主性的灵魂或精神，而大脑不过是连接精神层面和物质环境的过渡性载体？这是一个古老的问题，我们恐怕永远都找不到答案。就人的状态和本体而言，唯灵论的观点或许太过玄妙，以至于我们永远都无法置之不理。关于它的讨论势必将继续下去。

我们是灵魂，斯泰因！……
死亡并不存在……既然没有死亡，也就没有死者……

我自己固然无法相信如此奇妙的事情。可是，如果真相并非如此，或许这就是事情本该有的样子。我们才是这个世界的意识。因

比利牛斯山的城堡

为我们知道，人类是整个宇宙中最高贵、最神奇的生物。总有一些愿景和梦想不受血肉之躯命运的束缚，而我们或许并不需要为心怀憧憬感到抱歉。

我还欣慰地留意到，在坚持二元论的同时，你并没有否定我们在物质世界中共同度过的岁月。试想一下，如果你说，"我们当时能在一起，完全是建立在一种误解上"，那该有多伤人！历史上有很多例子表明，对宗教的狂热会导致对感官体验和世俗生活的全盘否定。而对于我们大多数人而言，那些体验和经历才是唯一真实的存在。

从奥斯陆开过来的一路上，这些想法始终萦绕在我的脑海之中。到达海姆瑟达尔的最高点时，我拐上岔路，驶入溪边的那条林荫道，在那里沉思了好几分钟后，才又回到国道上继续前进。

我开上了山地高原，仿佛这三十多年来，我一直在沉闷的暮色中疲于奔波。我就像是飞翔的荷兰人[①]，注定要在那里漂泊流浪，或许白天可以得到暂时的喘息，但每个夜晚都不能缺席。

你还记得吗，在撞上那个披着玫红色披肩的女人之前，我们看见了一座状似糖包、造型奇特的山峰，你管它叫"糖包山"。对了，你的形容十分贴切，因为它看着就像一个圆锥形的糖包。我瞄了一眼车载的 GPS 地图，它还真有个名字，你大概已经猜出来了，你口中的糖包山，名为埃尔德勒丘。

刚经过这个外形奇特的土丘，我就看见了道路右侧的一个小出

[①] 又译作"漂泊的荷兰人"。是传说中一艘永远无法返乡、注定在海上漂泊的幽灵船。

八

口。出口处竖着专为游客准备的标志牌,上面注明了当地的历史文化信息。其中一块牌子上面写着:

埃尔德勒丘是一座较为显眼的圆形土丘,位于标志牌东边。相传,在埃尔德勒丘住着一群山妖,当地人称为"奥斯加斯拉里"或"尤勒斯克拉里"。每到平安夜,一过半夜十二点,奥斯加斯拉里都会从埃尔德勒丘里一涌而出,沿着哈灵河谷一路南下,造访农舍,尽情享用圣诞美食和啤酒。如果慷慨地为这群山妖提供美酒和美食,人们就会得到好运和祝福。但如果食物上出现了十字架,则是对奥斯加斯拉里的冒犯和不敬,农场主、牲畜和财产都会遭受厄运。奥斯加斯拉里还带着一帮山妖小跟班,海姆瑟达尔的当地人对其中一些山妖的名字都很熟悉,包括提德讷·拉纳卡姆、海尔格·霍格福特、特隆德·霍格希宁根、马斯内·特罗斯特、斯潘宁·海勒。有些时候,奥斯加斯拉里会一路走到德拉门附近的村庄。在整个圣诞节期间,它们都会在外游荡,直到主显节前夕才会返回埃尔德勒丘。

马斯内·特罗斯特!提德讷·拉纳卡姆!

我不禁摇了摇头,然后想起你在邮件中曾提到,我们撞到的未必就是一个有血有肉的人,说不定那只是一个幽灵。我陷入了沉思,在原地站了好久。

指顶花和越橘女!或许你一针见血地指出了问题的关键。

比利牛斯山的城堡

你在邮件中写道,我们都看见了同样的场景,听见和接收到的信息却是不同的。

我们都被那丛繁茂的指顶花吸引了过去,你是如此着迷,忍不住伸出手触摸它们。所以我们当时肯定产生了同样的念头。关于在山上撞到的那个女人,虽然我们没有时刻挂在嘴边,心里却一直都在记挂着。指顶花的颜色和那条披肩的颜色一模一样,那条披肩先是被她披在肩上,后来又被搭在了帚石南花丛上。我说的一模一样,不仅指的是色调,还有那种玫红色的色泽。或许正是出于这个原因,我们才会被指顶花深深吸引。

你说得没错,后来突然出现了某样东西,让我们分了神。或许是只臭鼬,或许是只喜鹊,总之我们不约而同地转过身去,而且你和我都认为,自己看到的就是被我们撞到的那个女人——她站在白桦树林里,肩上披着同一条玫红色披肩。

在当时那种心理状态下,要说我们出现了相同的幻觉,也不会让人意外。而且我觉得,色彩浓郁、生机勃勃的指顶花足以把我们迷得神魂颠倒。不然你要怎么解释,自己像着了魔似的,偏偏被它吸引了过去?旁边明明就长着同样迷人的圆叶风铃草啊。

这世界上的颜色有几百几千种也罢,甚至几万种也好,那都属于学术问题的范畴。但这里所涉及的是毫无偏差的同一种色调。我们身后的树林里突然出现了动静,所以我们不约而同地转身张望,并且不约而同地以为那里出现了一个肩披玫红色披肩的女人。然后,我觉得她说了一句话,你觉得她说了另一句话。但一个不能否认的事实是,我满脑子都在琢磨,自己当初的确有超速驾驶的嫌疑,而

八

你从十一岁起,就无时无刻不受到心魔的困扰,你不得不接受残酷的现实,终有一天,我们都会离开这个世界。

还有你发现了那本书。你读了,我也读了。唯一缺失的环节就是指顶花的部分。

我俩吓得魂飞魄散,以至于出现了幻觉。我们是那么脆弱,那么无助。我们对世界的认知被彻底颠覆,所以有那么几秒,我们彻底茫然,意识完全陷入了模糊。

明天我会继续上路。可我不想再次穿越那片山区,返回奥斯陆。我宁愿走艾于兰山谷,再到霍尔。对了,我还在想,是不是绕到卑尔根去见你一面。

可以吗?

我可以从拉维克搭乘渡轮,到达峡湾对岸的外奥普达尔[1]。如果时间凑巧的话,我或许也会考虑沿着峡湾一路开到吕特勒达尔,然后搭乘渡轮前往索伦。我一定要再看看那些群岛。可惜你无法亲身分享,我的意思是,和我在吕特勒达尔会合。但假如有那么一丝可能性存在的话,对你来说,最便捷的做法应该是跳上前往奥普达尔的大巴,因为对我们来说,开两辆车实在没必要。我说的是,你不妨将此视为最后一次冒险之旅,也就是你所谓的"疯狂行动"。我

---

[1] 松恩-菲尤拉讷郡的一个村庄,位于松恩峡湾南岸,与拉维克之间设有渡轮航线,全程约20分钟。

比利牛斯山的城堡

们有很多话要聊。我内心有种强烈的冲动,希望能够载着你再次游历峡湾出海口以西的那些群岛。我是说,一直开到科尔格罗夫。我们可以去码头上的艾德杂货店买冰激凌——就像从前一样。当然,如果你实在走不开的话,我也完全能够体谅。还有,请替我向他问好!

为保险起见,我已经在卑尔根的挪威大酒店订好了明天的房间。我所在的这家木结构旅馆即将进入冬季的歇业期。我算是歇业前的最后一位客人。工作人员已经开始打包整理,为家具蒙上床单和布罩。

我应该会在明天下午或傍晚抵达卑尔根。如果你家人没意见的话,周日的时候我们说不定就可以开车出发。

如果能够再次看见同样的海湾和礁石,想必十分奇妙。现在,整座岛屿应该都开满了紫红色的帚石南和欧石南。当年我们去的时候也正是这个季节。而且你说得没错,每天傍晚,我们都要一路骑到南霍恩沃格,眺望着夕阳慢慢沉入大海。

在我的心目中,那才是让我们有归属感的画面。

可能吧。但总有一天,在另一个世界里,从一个全然不同却更为崇高的地平线上,我们的灵魂会再度升起。我对此深信不疑。

那么,卑尔根欢迎我吗?

来吧!

八

你是认真的吗?

是的,斯泰因。我真希望你此刻就在。来吧!

有一个事实,我无须隐瞒:这些年以来,我一直都爱着你。我每一天都会想你,并且通过某种方式和你对话。从这个意义上来说,我还是选择了和你共度一生。这听来很怪。这本就是一种奇怪的共生关系。但无论如何,我要为过去的三十多年对你表示感谢。

我之前不是写过吗,我会恍惚自己过着重婚一般的生活。我也觉得你一直都在我身边。况且我的感觉特别灵敏,我能感应到你正在想念我。

可是,斯泰因……

怎么了?我们所有往来的邮件统统都删除干净了。现在只是你和我之间的事,无关其他人。

我们不早就是彼此归属的两个灵魂了吗?我是说,我们早已纠缠在一起,就像两个不可分割的光子一样,归属于彼此。即使中间隔着若干光年的距离,却依然能够相互感应……

不知道到了我们这个年纪,是否会比年轻时更容易察觉出身体和灵魂之间的区别。

比利牛斯山的城堡

  关于这一点,还有很多内容值得讨论。所以我们会找个日子一同驾车前往索伦,对吗?

  不过现在,我已经喝完红酒,打算睡下了。我今天一口气开了400千米,估计一挨枕头就能睡着。但睡眠这东西啊,实在是捉摸不定!我无法保证,今夜会让你卷入怎样的梦境之中。关于宇宙的梦已经做过了,所以这一次,没准儿我会做几个更加生活化的梦。说不定我可以和你一起,在松恩湖边散散步,保证是逆时针方向!

  晚安!

九

早!

我已经告诉尼尔斯·佩特,你正在前来卑尔根的路上。终于说出口之后,我感到如释重负。不过我马上要出趟远门,接下来的一整天都不在家。有太多事情,我必须一个人想一想。然后我们就见面了。如果不能提早的话,最晚也就是明天了!

今天下午或傍晚,等到了酒店连上互联网后,我会立刻给你发邮件,到时候我们可以细聊。那祝你今天过得开心,一路顺风!我马上下去吃早饭,然后退房,继续开车上路。昨天晚上,整个餐厅里只有我一个人。冷清是冷清了点,不过我要了一整瓶红酒作为安慰。听上去是有点多,可我觉得自己也要替你喝几杯。我想象着你就坐在桌子对面,你现在的模样和你当初的模样在我脑海中不断交替出现。这么多年过去了,你的确没什么变化。

比利牛斯山的城堡

***

还是我。经过漫长的车程,我终于抵达了卑尔根。现在,我正坐在酒店房间里,眺望着小伦格伽斯旺湖和远处的于尔里肯山[①]。现在已经接近傍晚,外面的灯光越来越明亮。这个夏天以来,我第一次感受到了季节的变化。

在松恩峡湾的南部,我目睹了一场相当惨烈的交通事故,到现在还没缓过神来。所以我打算把迷你吧里的酒水一扫而光,读一读报纸就睡觉。我们要不要现在就敲定,明天早上九点,你到旅馆前台那边找我?然后我们先开到吕特勒达尔,再搭乘渡轮前往索伦?

我迫不及待想要再见到你,迫不及待想要拥抱你。

***

我已经吃过早餐,然后一直在前台附近转悠。现在是九点一刻。虽然你没有回复我之前的几封邮件,但我默认你已经都读过了,而且正在过来的路上。如果你还没出门的话,能否给我打个电话?我就待在房间里,一直在线。

[①] 环绕卑尔根的七座山峰中最高的一座,海拔约 643 米。

九

***

现在是中午十二点，你还是杳无音信。我试着给你打过电话，但你的手机整个上午都处于关机状态。再等几个小时后，如果你还没消息，我会给你家里打电话。

斯泰因

斯泰因：

想必你已经把优盘插进了电脑。出事的时候，这个优盘就挂在索尔伦的脖子上，但我可以向你保证，我所读到的内容就这么多，但我看得出，这只是你们长期以来通信的一小部分内容。现在，这些电子邮件的记录只属于你一人。其他地方应该没有备份，索尔伦已经把电脑中的邮件都删除了。我把自己最后要说的话存了优盘里，另外，那天你发给她的最后几封邮件，我也一并复制了过来。当你读到这封邮件的时候，就代表你已经看到了优盘里的所有内容。

我不知道是否该为上次的见面表示感谢，为保险起见，还是免了。葬礼是多么肃穆，多么庄重，想必也不用我多说。对于你的出现，我起先选择尽量低调地冷处理。送葬的队伍走过伦格伽斯旺海湾①的时候，我们的确简单交谈过两句，但我并不想让英格丽和尤纳斯知道你的身份，也不想在其他人面前张扬。我希望你能从理性的

---

① 卑尔根的一个海湾。

角度出发——我的意思是，表示出足够的尊重——至少不要出席追悼会。从某种程度上说，葬礼算是一个公开仪式，而追悼会则带有私人性质，算是家庭内部事务，属于我眼中的"私领域"。可你坚持要陪伴索尔伦走完全程，你说，你要在特尔米努斯大酒店听完最后一句话。既然你心意已决，我最后也别无选择，只好由着你的性子来，以索尔伦老同学的身份，将你介绍给孩子们。你可以管这叫资产阶级的双重标准，或者随你怎么说，反正这种猝不及防的情况根本没给人演练的机会。一夜之间痛失另一半，任谁都没有接受过此类训练。

就算冒着显得小家子气的风险，我也还是想补上一句：追悼会刚一结束，你居然坐下来，和英格丽开起了玩笑。你的社交本能好像突然被唤醒了一样。对于你来说，擅自闯入追悼会现场还不够，你还需要博得关注的目光。你还需要观众。而你最终如愿以偿。英格丽的笑，深深地刺痛了我的心。

我承认，你和索尔伦之间发生的事情，我并不完全知情。我当然听说过你，或者说，听说过你们两个，二十世纪七十年代那对如胶似漆的恋人。我所谓"听说"，已经是极尽轻描淡写的讲法。我早就受够了。

我之所以寄出这个优盘，并且附上这几段话，可以说是在尽某种义务。所谓"义务"，指的是对索尔伦表示缅怀和悼念。这感觉就好像在处理一件遗物，因为老实说，你们向对方传递的信息和我毫无关系。我不知道你们都写了些什么，但我知道你们一直保持着邮

九

件往来。对,我知道。索尔伦从来都不隐瞒。

我曾经想过:如果你们两个没有在菲耶兰书市意外重逢的话,今天的世界会是什么样子?她还会活着吗?提出这个问题,我算是尽到一份并不愉快的义务。毕竟,她自己已经无法发问了。况且让我独自面对如此重大的问题,实在过于沉重。

莫伦达尔墓园[①]希望礼拜堂的葬礼仪式结束后,我们跟随叔叔阿姨、侄子侄女一起,步行前往特尔米努斯大酒店参加追悼会的路上,我向你保证过,一定会和你联系,详细说明事情发生的整个经过。另外,我也想起了这个属于你的优盘。这让我在孩子乃至整个家族面前,多少感到一丝尴尬,难道你就没意识到吗?你算是她的什么人?

既然她已经不在了,讲述的职责只能由我来履行。请你谅解,在此之后我不希望和你再有任何接触。

我最后一次见到充满活力的她,是那个星期六。那天早上我们分开之前,我能感觉到她整个人似乎散发出一种特别的光芒。她告诉过我,你正在来卑尔根的路上。难道是因为这个,所以她才神采奕奕的吗?我决定表现得大度一些,所以提议邀请你来家里坐坐,但她一口回绝了。她的原话是:"想都别想。"可能是怕我难堪吧,我是这么觉得的,或者说,我本来是这么以为的。但她这么说,显

[①] 卑尔根的公墓,于1874年落成,后经多次扩建,成为卑尔根最大的墓园。

然还有别的顾虑。

有一年的十二月，距离现在至少有十年或十五年了吧，我送给索尔伦一条漂亮的披肩作为圣诞礼物，同时还买了一盆秋海棠。我记得特别清楚，因为披肩和秋海棠都是玫红色。我先买了秋海棠，后来在松特百货的橱窗里看见了披肩，觉得特别搭，所以也把它买了下来。

可索尔伦从没围过那条披肩。拆开包装纸的那一刻，她的表情就有些不自然。我追问过原因，我记得她当时回答的是，她觉得那条披肩略显老气。但她也坦承，这条披肩勾起了她的回忆，关于她和你共同经历的某个神秘事件。我之所以要补充这一细节，是因为今年七月，我们离开菲耶兰书市之后，她又一次提到了这件事。当时我们正沿约尔斯特湖往前开，那天一直雾蒙蒙的，好容易有点放晴的架势，我于是感慨了一下天气。然后她突然说起了那条披肩、那盆秋海棠，还有三十多年前的回忆。但关于那个"神秘事件"，她并没有透露更多内容，我只是默默倾听，不做任何评论。她之前和我聊过这些事，在我们的对话里，"斯泰因"这个名字很早就出现过。所以我提议绕道去索伦的度假屋住两天，或许可以冲淡一些陈年往事，将阴魂不散的噩梦从记忆中删除。她握住我的手，表示愿意努力尝试一下。

关于她的这些信息，我已经如实转达，或者用电子邮件的术语说，应该叫如实转发。我这么做完全是站在她的立场，希望你能原原本本地了解事情的来龙去脉。

你要知道，我并不期待任何回复。我纯粹是尽了一个配偶应尽

九

的义务,算是帮她善后吧。

索尔伦离开我们的那天早上,不知为何,她把那条旧披肩拿了出来。直到我们从医院回来,我才在索尔伦的书桌上发现,它被整整齐齐地放在十年或十五年前购买时的包装盒里。可为什么呢?为什么她要把披肩拿出来?

我把你正在读取的这个优盘一起放进了包装盒。在我看来,披肩和优盘更应该属于你。我的意图很明确:从此以后,我不希望南布雷克大街的公寓里留下你的任何痕迹。我既不想让尤纳斯看到你和索尔伦的邮件记录,也不想把披肩作为遗物留给英格丽。至于我自己,也要试着继续生活下去。葬礼结束后还有很多事情要办,包括注销银行账户、取消订阅服务,以及杂七杂八的琐事。而你也是待办清单当中的一项。

那天早上,我出门去办公室前,她告诉我,自己要去一位女性朋友那里。而且她明确表示,晚上不会回家吃饭。她特别强调了到家的时间,她的原话是"会很晚"。

她没有告诉我那位女性朋友是谁,家住什么地方,所以我一直很疑惑的是,那天早晨,她为何会北上前往松恩?她从没提过自己在那儿有朋友,但她确实说过,自己会去一整天。

她总不至于打算一直走到索伦吧?这些年我们度假都会去那儿。就算是的话,她为什么不明说呢?又为什么不开车?还有,那条高速公路那么繁忙,她干吗要沿着路边走?

比利牛斯山的城堡

事发地点位于外奥普达尔以南的欧洲39号公路[①]上,准确地说,她被撞倒的地点是在通往布雷克和吕特勒达尔的岔路上。巴士司机证实,索尔伦是从卑尔根上的车,然后在因斯特菲尤尔下的车。除了作为交通枢纽外,那里简直就是个无人区。那辆巴士从外奥普达尔返回卑尔根的时候,司机表示,索尔伦仍然站在原地。

索尔伦的想法有时的确让人猜不透。但现在,这些已经无所谓了。我是在想,你从奥斯陆到卑尔根的路上,应该不会经过那个地点。你不是坐火车来的吗?

总之,她是在松恩峡湾以南几千米的地方被一辆半挂式卡车撞倒的。那个路段限速80千米/时,通往因斯特菲尤尔有一段长长的下坡路,卡车的速度几乎超出了限速的一倍。当时的能见度很低,开卡车的小年轻又急着去外奥普达尔赶渡轮。他现在正等着受到法庭审判,但愿能判他个终身监禁。

他居然还有脸来参加索尔伦的葬礼。但至少,他识趣地避开了追悼会。否则,我一定当场把他轰出去,报警也说不定。

那个星期六,我在办公室加班的时候,接到了豪克兰大学医院打来的电话。对方大致说明了情况,强调说索尔伦是被直升机运送过来的,情况非常危急。我立刻冲出门,在出租车上打电话通知了英格丽和尤纳斯。在孩子们赶到之前,我和她单独相处了几分钟。

[①] 欧洲39号公路(E39)是一条连接挪威和丹麦的全长约1330千米的跨国公路。——编者注

九

她的伤势很严重，整个人的状态非常糟糕。但她突然睁开眼睛，目光清澈而明亮，然后说了句："难道是我搞错了？说不定，斯泰因才是对的！"

人们常说"童言无忌""酒后吐真言"。将死之人，也有可能说出几句发人深思的话。

说不定，你才是对的，斯泰因。这话听着很令人满足吧？

我完全是出于尽义务的心态，才不得不替索尔伦向你转达最后的问候。或者应该说，最后的告白？她最后说的话是什么意思，我是完全没有概念的，但没准儿你会知道。但我必须承认，我心中存在着一个颇为不安的念头，确切说，是一个猜测。

总而言之，我忍不住会联想到这么一种可能性：你们在旅馆的重逢彻底改变了她的命运。她已经不再是她自己了。

索尔伦是一个虔诚而坚定的基督教徒，这一点我知道，想必你也知道。无论在何种情况下，她都坚定不移地相信，死后必然有生命存在。不知是否可以这样认为，你更像是一名理性主义者？作为一名气候科学家，你至少也算自然科学家吧。我敢打赌，在生命哲学方面，你和索尔伦的观点一定相去甚远。

但我也问过自己：如果不去搅乱索尔伦的信仰和想法，会不会更好？她是一盏明灯、一簇火焰，她几乎还拥有灵视的能力。

说不定，斯泰因才是对的？

比利牛斯山的城堡

　　她抬头盯着我，目光中充满了惊恐。从她的眼中，我看见了难以愈合的伤痛、暗涌的不安，以及无法承受的绝望。接着她又一次失去了意识，在最后的回光返照之际，她用空洞而无助的眼神看着我。再没什么可说的了。或许她仍有一丝气力和我道别，可她并没有那么做。

　　她失去了自己的信仰，斯泰因。她整个人坠入了无底的深渊。她的内心是如此荒凉和空虚。

　　她说"你才是对的"，这话到底是什么意思？是非对错，就真的有那么重要吗？在别人的信仰中播下怀疑的种子，你真的能够这么做，真的想要这么做吗？不，我已经说了，我不想要任何答案。追悼会已经结束，一切到此为止。

　　不知道为什么，我总觉得，你就像易卜生笔下那个阴魂不散、纠缠不清的故人，贸然而唐突地闯入我和索尔伦的生活。简直就是"海上男人"①。还是说，你想以格瑞格斯·威利的方式登场？如果是

---

① 这里援引挪威戏剧家易卜生的剧作《海上夫人》，讲述了艾梨达在少女时代偶遇海员庄士顿，二人私订终身。在庄士顿被迫远走高飞后，艾梨达选择嫁给房格尔医生。婚后的她越发苦闷、郁郁寡欢。随着庄士顿的突然归来，艾梨达终于坦承自己对于自由的向往。房格尔愿意解除婚姻关系，允许艾梨达重新选择。最终，艾梨达在挣脱了束缚后，还是选择留在了房格尔身边。

九

那样的话,我很乐意扮演瑞凌医生①的角色。而我现在就坐在她黄澄澄的房间里,眺望着这座城市。

前几天,索尔伦曾说过,她可能会去趟索伦,赶在冬季到来之前向大海告别。独自安排这种旅行,并不符合她一贯的行事风格。还是说,你们打算一起向大海告别?就像今年七月的那天,你们一起消失在山中那样。

真不知道我为何要问出口,我根本不想知道答案,再说,问题本身也已经没有任何意义了。

你真的来了卑尔根!可你来得太迟了。你下午打电话来的时候,一切都已经结束了。当时,我们刚从医院回到家。电话是英格丽接的,可她说不知道你是谁,也没有心情和你说话。我坐在餐桌边,始终垂着头,我告诉英格丽,我知道你是谁,可我也没心情讲电话。最后是尤纳斯接过了听筒,把事情的经过告诉了你。是我让他这么做的。

---

① 格瑞格斯、瑞凌医生都是易卜生的剧作《野鸭》中的人物。《野鸭》讲述了发生在威利和艾克达尔这两个家庭之间的故事。多年前,老威利和老艾克达尔一起经营公司,但由于非法交易被政府起诉,威利将所有责任推卸到艾克达尔身上,导致艾克达尔入狱,从此一蹶不振。威利则凭借自己的狡诈伎俩成为大资本家。威利把自己玩弄过的女仆基纳许配给艾克达尔的儿子雅尔马,并让雅尔马养育自己的私生女海特维格。威利的儿子格瑞格斯洞悉真相后,将实情告诉了雅尔马。格瑞格斯认为真相能够给雅尔马的生活带来阳光,而瑞凌医生则尖锐地指出,这么做只会对雅尔马的家庭造成破坏。最后,知晓身世的海特维格在绝望中选择了自杀。

那你做了什么呢？是一直待在卑尔根，等着参加葬礼呢，还是独自一人去了海边？

这些问题你并不需要回答。

从现在开始，我会避免和你产生任何形式的进一步接触，希望你能尊重我的决定。在未来很长一段时间里，我和孩子们除了相互扶持外，还有很多事情要做。

她离开后，斯康森这里已是一片空虚。在分水岭以西的地方，仍旧有人关心挂念着她。就算扮演了瑞凌医生的角色，我也不认为，索尔伦仅仅是一个普通人。

一切就到此为止。

尼尔斯·佩特